천애의 나그네

- 백사 이항복의 중국 사행시집 -

천애의 나그네

- 백사 이항복의 중국 사행시집 -

이항복 지음 / 김동욱 옮김

머리글

백사(白沙) 이항복(李恒福, 1556-1618)은 그의 호나 이름으로보다 〈오성과 한음〉 이야기의 오성(鰲城)대감으로 더 잘 알려져 있는 인물이다. 어려서부터 재기발랄하여 장난이 심하고 능청스러운 일면이 있는 해학적 일화의 주인공으로 많이 알려져 있다. 그러나 그는 37세 때부터 7년간의 임진왜란을 겪으며 병조판서 등의 직임을 맡아 다사다난한 삶을 살았고, 53세 때부터 광해군을 섬기며 북인들의 끊임없는 공격을 받아 한때 벼슬길에서 물러나기도 하였으며, 마침내 인목대비를 서궁에 유폐하는 사건이 벌어졌을 때 이에 반대하다가 함경도 북청에 유배되어 파란만장한 생을 마감한 인물이다.

임진왜란이 종결될 무렵인 1598년, 명나라에서 사신으로 왔던 정응태(丁應泰)가 조선이 왜병을 끌어들여 명나라를 침범하려 한다고 명나라 신종(神宗)에게 무고한 사건이 발생하자, 당시 우의정으로 있던 백사는 진주변무사(陳奏辨誣使)가 되어 부사(副使) 이정구(李廷龜), 서장관(書狀官) 황여일(黃

汝一)과 함께 명나라에 가서 이를 해명하였다. 이때 사신으로 다녀오는 사이 백사가 지은 시가 그의 조천록(朝天錄)에 실려 있다.

백사의 시는 주로 시문으로 일찍이 이름을 날린 월사(月沙) 이정구와 황여일의 시를 차운한 것으로, 문학적 기교보다는 나라를 걱정하는 양심적인 관리의 진정이 짙게 드러나 있다. 그의 조천록에 실려 있는 60여 편의 시를 「천애의 나그네」라는 제목 아래 우리말로 옮겨 보았다. 가능한 대로 우리말의 맛을 살려 옮기고자 했으나 역자의 능력 한계로 원시의 맛을 해치지나 않았을까 두려울 뿐이다.

백사의 문학에 대한 연구는 몇몇 연구자들에 의해 그의 조천록과 사행시가 얼마간 정리되었을 뿐이다. 이 책의 앞부분에서는 남용익(南龍翼)이 쓴 백사의 행장(行狀)을 바탕으로 그의 생애를 소개하였고, 끝부분에는 백사 사행시의 특징과 문학사적 의의를 간략히 정리하여 독자들의 이해를 돕고자 하였다.

끝으로 흔쾌히 이 책의 출간을 맡아주신 김흥국 사장님과 보기 좋은 책으로 꾸며 주신 편집부 여러분께 진심으로 감사드린다.

계사년 소서일, 안서골에서 김동욱이 삼가 씀

일러두기

1. 이 번역시집의 대본은 한국고전번역원 간,《한국문집총간》62(1991) 소재 장서각본의 영인본이다.
2. 국역은 직역을 원칙으로 하되, 시의 특성상 직역으로 맛이 살지 않는 곳은 의역하였다.
3. 번역시의 수록 순서는 날짜 순서에 따랐다.
4. 원문에는 대체로 별도의 제목이 있으나 국역시에는 시의 내용을 고려하여 적절히 다시 붙였다.
5. 국역시 가운데 설명이 필요한 곳에 주석을 붙였다.

차례

백사 이항복의 생애

조선조 중기의 문신인 이항복(李恒福, 1556-1618)의 자는 자상(子常)이고, 호는 필운(弼雲) 또는 백사(白沙)이며, 본관은 경주(慶州)이다. 선대의 조상인 문충공(文忠公) 이제현(李齊賢)은 문장(文章)과 덕업(德業)으로 고려의 명재상이 되어, 세상에서는 익재 선생(益齋先生)이라 일컬었다. 부친인 이몽량(李夢亮)은 중종(中宗), 인종(仁宗), 명종(明宗)을 섬기며 벼슬이 참찬(參贊)에 이르렀다. 결성 현감을 지낸 전주최씨 최윤(崔崙)의 따님에게 장가들어 1556년(명종11) 10월 경자일에 공을 낳았다.

공은 막 태어나서 이틀 동안은 젖을 빨지 못하였고 사흘 동안은 울지도 못하였으므로, 집안사람들이 걱정하였다. 그의 부친이 점쟁이에게 점을 쳐보게 하니 축하하며, "걱정하실 것 없습니다. 이 아이는 커서 정승 자리에 오를 정도로 귀하게 될 것입니다." 하였다. 차츰 자라자 재주가 뛰어나고 식견과 도량이 있어 보통 아이들과 월등히 달랐다. 그의 부친이 기특하게 여겨 이르기를, "이 아이가 틀림없이 우리

집안을 크게 일으킬 것이다." 하였다.

8세(1563) 때에 비로소 글을 읽기 시작하였는데, 매우 총명하므로 부친이 검(劍)·금(琴) 두 글자로 대구(對句)를 짓게 하였다. 공이 즉시 읊기를, "칼에는 장부의 기상이 서려 있고, 거문고엔 천고의 소리가 갈무리되었네[劍有丈夫氣 琴藏千古音]."라고 하자, 사람들은 공이 장차 대성할 것이라고 말하였다.

9세(1564) 때 부친을 여의자, 마치 어른들처럼 몹시 슬퍼하여 몸이 수척해졌다. 나물 반찬만 먹으면서 3년 상을 마쳤다. 12, 3세 무렵, 새 저고리를 입었는데 다 해진 옷을 입은 이웃 아이가 그것을 보고 입고 싶어 하자, 공은 즉시 저고리를 벗어서 그 아이에게 주었다. 또 자기가 신고 있던 신을 벗어서 맨발로 다니는 사람에게 주고 돌아오기도 하였다. 그러자 그의 어머니가 그의 뜻을 시험해 보기 위해 거짓 성을 내어 나무라니, 공이 대답하기를, "가지고 싶어 하는 사람이 있으면 차마 주지 않을 수가 없습니다." 하였다.

15세(1570)가 되자 건장해진 공은 용맹을 좋아하여 씨름이나 공차기 등 소년들의 놀이를 잘하였다. 그의 어머니가 그 말을 듣고 준절히 나무라자, 공은 통렬히 반성하여 지난날의 생각을 바로잡고 학문에 힘썼다. 16세 때에 어머니가 별세하자, 공은 상중에 너무 애통해하여 거의 죽을 뻔하였다. 3년 상을 마치고는 성균관에 유학하여 학문이 더욱 성취되었다.

25세(1580)에 문과에 급제하여 권지 승문원 부정자(權知承文院副正字)가 되었다. 그 이듬해에는 예문관(藝文館)에 뽑혀 들어가 검열(檢閱)이 되었다. 선조가 장차 《통감강목(通鑑綱目)》을 강(講)하려고 태학사(太學士)에게 명하여 고문(顧問)에 대비할 만한 재능 있는 신하들을 미리 선발하게 하자, 당시 태학사이던 율곡(栗谷) 문성공(文成公) 이이(李珥)가 5인을 천거하여 올렸는데, 공이 여기에 들어 있었다. 그러자 선조는 궁궐에 소장하고 있던 《통감강목》 한 질을 하사하였다. 이윽고 오랫동안 사가독서(賜暇讀書)를 하고 옥당(玉堂)에 뽑혀 들어가서 정자(正字)가 되었다.

29세(1584)에 저작(著作)으로 승진되어 붕당(朋黨)을 짓는 대사간(大司諫) 이발(李潑)을 당연히 체직해야 한다고 논하였다. 그러자 요직에 있던 사람들에게 크게 거슬리어 마침내 병을 핑계로 세 차례나 사직을 고하였다. 이에 선조가 하교하기를, "이항복은 옥당을 떠나서는 안 되니, 사직서를 올리지 못하게 하라." 하고, 이내 박사(博士)로 승진시켰다.

30세 되던 1585년 봄에는 예문관 봉교(藝文館奉教)에 옮겨 제수되었고, 차례에 따라 성균관 전적(成均館典籍)으로 승진되었다가 다시 사간원 정언(司諫院正言)이 되었다. 이어 천거에 의해 이조좌랑(吏曹佐郞), 지제교(知製敎)가 되었다. 관리의 인사를 담당하는 이조좌랑을 세상 사람들은 위세 있는 관직이라는 뜻인 열관(熱官)이라 일컬었으나, 공은 그 생활이 마치 가난한 선비처럼 쓸쓸하였다. 이윽고 수찬(修撰)으로 체직되었다. 1586년에는 또 정언이 되었고, 1587년에는 교리(校理)로 승진되었다가, 1588년에는 다시 이조(吏曹)에 들어가서 정랑(正郞)이 되었다.

1589년에는 체직되어 예조정랑(禮曹正郞)이 되었다. 이 해에 정여립(鄭汝立)의 모반(謀反) 사건이 일어나자 선조가 친히 죄수를 국문할 적에 공이 문사랑(問事郞)으로 입시하였다. 공의 명쾌하고 민첩함이 선조의 뜻에 들었으므로, 선조가 매양 이름으로 공을 불러 이르기를, "이 아무개로 하여금 말을 전하게 하라." 하였다. 죄인을 평결할 때마다 관대한 쪽으로 판결을 내렸으므로, 이 때문에 목숨을 보전하여 살아난 자가 매우 많았다.

1590년에는 응교(應敎)로 승진되었다가 의정부(議政府)의 검상(檢詳), 사인(舍人)을 거쳐 전한(典翰)으로 승진되었다. 일찍이 경연에 입시하였을 때 선조가 특별히 공을 앞으로 불러 놓고 문사랑으로 있을 때의 일을 이르면서 연거푸 탁월한 인재라 칭찬하고, 이어 직제학(直提學)에 임명하였다. 그 후 얼마 안 되어 통정대부(通政大夫) 승정원 동부승지(承

政院同副承旨)로 승진되었고, 문신들이 보는 정시(庭試)에서 장원하여 말을 하사받았다.

1591년 봄에는 호조참의(戶曹參議)에 전임되어 재정(財政)을 정밀히 조사하고 계산하여 쓸데없는 비용을 절감하니, 겨우 한 달 남짓 만에 창고가 충만하여졌다. 그러자 호조판서(戶曹判書)로 있던 윤두수(尹斗壽)가 공을 대단히 중하게 여겨 감탄하며 말하기를, "문필에 종사하는 선비가 능란하게 돈과 곡식을 다스려 내니, 참으로 통달한 재주로다." 하였다.

역적 정여립을 치죄한 공훈을 책록하여 공에게는 추충분의평난공신(推忠奮義平難功臣)의 호가 내려졌다. 그 후 얼마 안 되어 공이 승지(承旨)가 되었는데, 대간(臺諫)이 공을 탄핵하여 파직시켰다가 다시 승지가 되었다. 이어 차례에 따라 도승지(都承旨)가 되었다.

1592년 4월에는 왜노(倭奴)가 대대적으로 쳐들어와 신립(申砬)이 패했다는 보고가 이르자, 나라 안팎이 모두 두려워하고 놀랐다. 선조는 이미 서쪽으로 몽진할 계책을 정하고 좌의정으로 있던 유성룡(柳成龍)을 명하여 유도대장(留都大將)으로 삼았다. 공이 동료들에게 말하기를, "좌상 대감이 여기에 머무르면 일을 할 수가 없다. 이제 장차 명나라에 가서 하소연할 외교문서가 반드시 그의 손에서 나와야 한다." 하고, 유도대장을 고쳐 임명하기를 청하니, 선조가 윤허하였다.

그 달 그믐날 밤에 어가가 장차 출발하려 하였다. 비가 내리는 가운데 밤은 칠흑 같은데 수행할 신하들이 모이지 않았다. 이때 중전이 홀로 시녀 10여 명을 데리고 인화문(仁和門)으로 걸어 나가자, 공이 촛불을 잡고 앞에서 인도하였다. 어가가 이날 밤에 임진 나루를 건넜다. 그 다음날 선조는 수행한 여러 신하들을 불러 놓고 말채찍으로 땅을 두드리면서 묻기를, "일이 이 지경에 이르렀으니, 무슨 계책을 써야겠는가?" 하였다. 여러 신하들이 대답을 하지 못하므로, 공이 맨 먼저 말하기를, "우리나라의 병력으로는 왜적을 방어하기에 부족하니, 명나라에 가서 구원병을 요청해야 합니다." 하니, 선조가 좋은 계책이라 하였다. 송도에 이르러서는 공을 특별히 이조참판(吏曹參判)으로 승진시키고 오성군(鰲城君)에 봉한 뒤 두 왕자를 호위하고 먼저 평양으로 가라고 명하였다.

이윽고 어가도 또한 평양에 이르러 하교하기를, "이항복은 오랫동안 근시(近侍)로 있으면서 생각이 바르고 신실하였으니, 의당 올려 발탁하여 중임을 맡겨야 한다." 하고, 얼마 안 가서 형조판서 겸 오위도총관(刑曹判書兼五衛都摠管)을 제수하였다. 얼마 후 대사헌(大司憲)에 임명된 뒤에는 이덕형(李德馨) 공과 함께 선조에게 속히 명나라에 가서 구원병을 주청(奏請)할 것을 청하였다. 대신들이 처음에는 공과 의견을 달리했으나 공이 극력 논쟁하여 마침내 그 의논이 결정되었다. 이어 병조판서 겸 홍문관제학 지경연춘추관 동지성균관사 세자좌부빈객(兵曹判書兼弘文館提學知經筵春秋館同知成均館事世子左副賓客)에 임명되었다.

임진 나루를 지키지 못함으로써 적들이 진격하여 대동강을 핍박해 오자, 이덕형이 청하기를, "배를 타고 가서 적장 현소(玄蘇)와 조신(調信)을 만나서 진격을 늦추도록 도모하되, 그들이 따르지 않으면 장차 두 적의 머리를 베어 오겠습니다." 하니, 공이 말하기를, "두 적은 매우 하찮은 존재이므로, 그들을 죽여 보았자 적에게 손상을 입히기에는 부족하고 한갓 우리가 먼저 의롭지 못하다는 평판을 듣게 되니, 그것은 계책이 아닙니다." 하여, 그 일이 마침내 중지되었다.

선조가 여러 수행한 신하들을 모아 놓고 옮겨 갈 곳을 의논할 적에, 어떤 이가 말하기를, "함흥(咸興)은 한쪽으로 치우쳐 멀고 군량도 많아서 지킬 만합니다." 하였다. 공이 이덕형과 함께 누차 아뢰기를, "함흥은 명나라와 거리가 너무 멀어서 옮겨 갈 수 없고, 의당 영변(寧邊)으로 옮겨 가야 합니다." 하니, 선조가 그대로 따랐다.

또 공이 이덕형과 함께 요동(遼東)에 가서 구원을 요청하겠다고 청하였으나 선조가 결정을 내리지 못했는데, 병조판서가 멀리 떠나서는 안 된다고 말하는 이가 있자, 선조는 그 말을 옳게 여겨 이덕형에게 명하여 가도록 하였다. 그러자 공은 자기가 타던 말을 이덕형에게 풀어 주고 눈물을 뿌리면서 서로 작별하였다.

적병이 차츰 진격해 옴에 따라 관군이 서로 잇달아 무너지자, 선조가 밤중에 여러 신하들을 불러 놓고 의논하기를, "일이 급하게 되었으니, 나는 의당 중국으로 귀순해야겠다. 다만 부자가 함께 압록강을 건너 버리면 나라에 주인이 없게 되니, 세자는 머물러서 종묘와 사직을 받들 수 있게 하라. 여러 경들 가운데 누가 나를 따라서 서쪽으로 건너가려는고?" 하니, 뭇 신하들이 미처 대답하기 전에 공이 울면서 대답하기를, "신은 몸이 건강하고 부모도 없으니, 원컨대 죽기로써 전하를 따르겠습니다." 하였다.

어가가 평안도 박천(博川)에 머물렀을 때 급보가 이르자 선조가 명하여 어가를 재촉해서 출발하였는데, 밤이 이미 2경이었다. 비는 내리고 길은 사나운데, 호위하는 사람은 채 수십 명도 되지 않았다. 공이 관속들에게 이르기를, "앞쪽의 시위가 매우 허술하니, 우리들이 어가 뒤에 있어서는 안 되겠다." 하고, 마침내 말을 채찍질하여 앞에서 인도하였다. 어가가 의주(義州)에 당도하자, 그곳의 주민들이 모두 놀라 흩어졌다. 공이 임금에게 청하여 관아를 수리해서 오래도록 머무를 뜻을 보이니, 아전과 백성들이 차차 다시 모여들었다.

공이 또 건의하기를, "호서(湖西), 호남(湖南), 영남(嶺南) 등 세 곳에서는 성상께서 머무시는 행재소(行在所)가 어딘지를 모를 것이니, 의당 급히 사신을 보내 선유(宣諭)하여 군대를 일으켜 성상을 모시도록 해야겠습니다." 하니, 선조는 그 말을 좇아서 윤승훈(尹承勳)을 바닷길로 호남에 가게 하였다. 이로부터 조정의 명이 비로소 여러 도에 통하여 근왕하는 군사가 차차로 일어나게 되었다. 당시 순찰사 이원익(李元翼)이 금군(禁軍)의 약함을 염려하여 전투병들을 나누어서 들어가 시위하게 하기를 청하자, 공이 그 제의를 물리쳐 말하기를, "전투병들은 적을 격파하는 데에 써야 하니, 별도로 민간의 장정들을 뽑아서 금위(禁衛)에 보충하기 바란다."고 하였다.

이에 앞서 요동지방에 조선에서 왜인(倭人)이 쳐들어오도록 인도했다는 유언비어가 전파됨으로 인해 명 조정의 병부상서(兵部尙書)로 있던 석성(石星)이 지휘(指揮) 황응양(黃應暘)을 보내 와서 사실을 정탐하게 하였다. 황응양이 처음에는 조선을 퍽 의심하여 왜국에서 보낸 글을 보자고 청하였다. 그런데 공이 도성에 있을 때에 이미 여기에 생각이 미쳐

신묘년(1591)에 왜추(倭酋)가 보낸 교만 방자한 내용의 문서를 손수 싸 가지고 와 있다가, 이때 황응양에게 보여 주자, 황응양의 의심이 크게 풀리어 심지어는 가슴을 치면서 대단히 애통해하기까지 하였다. 황응양이 돌아가서 사실대로 보고함으로써 조선에 구원병을 파견하자는 의논이 드디어 결정되었다.

그리하여 명나라 장수 조승훈(祖承訓)과 사유(史儒)가 7천의 군사를 거느리고 먼저 이르자, 공이 말하기를, "조 장군은 경박하고 조급한데다 꾀가 없으니, 그 군대는 반드시 패할 것이다." 하였다. 명군은 평양으로 진격하였다가 과연 크게 패하여 사유는 죽고, 조승훈은 겨우 죽음을 면하고 돌아가서 도리어 우리가 왜구를 돕고 있다고 모함하였다. 그러자 공이 선조에게 청하여 대신을 광녕(廣寧)으로 보내 사리를 따져 억울함을 밝혔다. 또 사신 보내기를 청하여, 사신이 명나라 조정에 상주해서 대군 파견을 재촉하도록 하였다.

이 해 12월에 제독 이여송(李如松)이 5만의 병사를 거느리고 압록강을 건너왔다. 공이 이 제독의 행군(行軍)하는 데에 기율(紀律)이 있음을 보고 임금에게 아뢰기를, "이 군대는 반드시 공을 세우겠으나, 다만 막하(幕下)에서 동지(同知) 정문빈(鄭文彬)과 지현(知縣) 조여매(趙如梅) 두 사람이 모든 일을 좌우하고 있으니, 후일에 큰 계책을 저지시킬 자는 필시

이 사람들일 것입니다." 하였다. 그런데 1593년 정월에 이여송이 평양의 적을 진격하여 승첩을 거두고 다시 적을 추격하여 벽제(碧蹄)에 이르러 적의 복병을 만나 전세가 불리하게 되자, 제독의 기가 꺾이어 마침내 화의(和議)에 소신을 굽히고 말았는데, 정 동지와 조 지현이 실로 이 계책을 주관했었으니, 공의 말이 과연 꼭 들어맞았던 것이다. 한양 도성의 적이 물러간 뒤에는 공이 환궁(還宮)하기를 강력히 청하여 10월에 어가가 서울로 돌아왔다.

11월에는 명나라의 행인(行人) 벼슬을 하는 사헌(司憲)이 황제의 칙서(勅書)를 받들고 오자, 공이 원접사(遠接使)로 그를 맞이하였다. 그런데 마침 황제의 칙서에서 왕세자(王世子)로 하여금 호조와 병조의 관리들을 대동하고 전라도, 경상도 지방으로 나가서 군사를 시찰하도록 하였다. 공이 바로 병조의 장관이었기 때문에 마침내 접반(接伴)의 직임을 해면하고 세자를 모시고 떠났다.

갑오년(1594) 봄에는 호서(湖西)의 반적 송유진(宋儒眞)이 분조(分朝)를 배반하므로, 여러 신하들이 세자를 받들고 조정으로 돌아와 적을 피하려고 하자, 공이 차자(箚子)를 올려 그것이 옳은 계책이 아님을 논박하니, 세자가 공의 의견을 따랐다. 반적 또한 얼마 안 가서 평정되었다.

세자가 홍주(洪州)에 있으면서 보령(保寧)의 수영(水營)으로 옮겨 머물고자 하여 공으로 하여금 가서 현지를 살펴보고 오게 하였는데, 공이 돌아와서는 머무를 수 없는 곳이라고 속여 대답하였다. 사람들이 그것을 의심하자, 공이 말하기를, "영보정(永保亭)의 좋은 경치는 충청도의 으뜸이니, 세자께서 그곳에 거처하는 것이 후일의 방탕한 마음을 인도하게 될까 염려해서이다." 하니, 식견 있는 이들이 그 원대한 식견에 감복하였다.

을미년(1595)에는 이조판서(吏曹判書)가 되어 홍문관 대제학(弘文館大提學), 예문관 대제학(藝文館大提學), 지의금부사(知義禁府事)를 겸하였다. 병신년(1596)에는 명나라 조정에서 사신을 보내어 일본의 추장(酋長)을 책봉하였는데, 부사(副使)인 양방형(楊邦亨)이 공을 접반사로 삼아 주기를 청하니, 선조가 윤허하였다. 공이 이미 임금에게 하직 인사를 하고는 이조판서, 대제학의 해임을 요청하여 의정부 우참찬(議政府右參贊)에 임명되었다. 양 부사(楊副使)는 공을 매우 극진히 존경하고 중히 여겨 항상 말하기를, "동방에 이런 인물이 있는데, 어찌 외국이라 하여 가벼이 여길 수 있겠는가?" 하였다.

왜국의 진영에 들어가 있을 때에 정사(正使) 이종성(李宗城)이 '적이 장차 무도한 행위를 가할 것'이라는 소문을 잘못 듣고 밤중에 몸을 빼어 달아남으로써 주변 사람들이 크게 놀란 사건이 일어났다. 그래서 양 부사가 급히 공으로 하여금 조정에 달려가서 그 사실을 아뢰게 하므로, 공이 이틀 밤낮을 급히 달려 서울에 이르니, 이 정사(李正使)는 이미 와 있었고 적은 끝내 움직이지 않았다. 처음에 공이 이 정사를 보고서 사람들에게 이르기를, "부귀한 집의 자제로서 한갓 시문이나 서화를 그리는 일이나 일삼았을 뿐이니, 반드시 왕명(王命)을 욕되게 할 것이다." 하였는데, 이윽고 과연 그렇게 되자, 사람들이 공을 일러 사람을 잘 알아본다고 하였다. 그해 겨울에 양 부사가 돌아가자, 공이 국경까지 배웅하였다.

정유년(1597)에는 다시 병조판서가 되었다. 명나라 조정에서 재차 군사를 일으켜 왜(倭)를 정벌하게 되자, 경리군무(經理軍務) 어사(御史) 양호(楊鎬)가 격문(檄文)으로 호조(戶曹), 병조(兵曹), 공조(工曹)의 장관을 불러 국경에 나와 기다리게 하였다. 공이 구련성(九連城)으로 가서 그를 맞아 모두 시기와 형편에 맞게 응대하였다.

그 후 병으로 체직되었다가 이윽고 다시 병조판서가 되었다. 공은 임진왜란이 일어난 이후로 모두 다섯 차례 병조판서가 되었다. 대적(大賊)이 전국에 그득하고 명나라 군사들이 바다와 뭍으로 모여드는 때를 만나서 군사에 관한 일 치고 병조판서의 책임으로 돌아오지 않는 것이 없었는데, 공은 매사를 온당하게 조처하며 여유가 있으면서도 시원스럽게 처리하였다. 항상 여분으로 베 1만 필을 비축해 놓아서 급할 때의 용도에 대비하였다. 그래서 양 경리가 공의 재능과 일 처리에 감복하여 매양 어려운 일을 만날 때마다 반드시 말하기를, "이 상서(李尙書), 이 상서를 기다려서 해야겠다." 하였다.

무술년(1598) 가을에는 명나라 조정의 찬획사(贊畫使) 정응태(丁應泰)가 양 경리를 모함하여 탄핵하였다. 우리 조정에서 양 경리를 위해 글을 올려 유임시키자, 정응태가 이 때문에 우리나라에 앙심을 품고 이를 갈며 상주하여 우리나라를 모함하였는데, 그 말이 몹시 참혹하였다. 그러자 선조가 대단히 놀라서 장차 대신을 보내 변명하게 하려 하면서 영의정 유성룡(柳成龍)을 의중에 두었는데, 유성룡이 자진해서 가기를 청하지 않았다. 선조는 유공에게 노하여 그가 탄핵받은 것을 핑계로 파직시켰다. 그리고 마침내 공을 의정부 우의정(議政府右議政)에 임명하고 부원군(府院君)으로 작위를 올려 진주사(陳奏使)로 삼았다. 그러자 공이 두 차례나 차자를 올려 강력히 사양하고 임시 직함으로 사신에 충원되기를 원하니, 선조가 이르기를, "모함을 해명하려면서 먼저 임금을 속이면 되겠는가." 하였다. 공이 마지못해 명을 받고는 날마다 이틀 길을 하루에 달려서 북경에 도착하여 일단 황제에게 상주문을 올리고 나서는 각 부서를 두루 찾아 다니며 호소문을 올려 통렬히 변명하였다. 각 부서장들이 벌써부터 공의 몸가짐을 공경하던 터에 또 문장이 명쾌하면서도 간절함을 보고는 더욱 감탄하며 칭찬하였다. 서로 다투어 차와 술을 대접하며 말하기를, "나라의 수치는 절로 씻어질 것이니, 걱정할 것 없습니다." 하였다. 황제는 마침내 정응태의 파직을 명하고, 뒤이어 우리나라에 칙서를 내려서 위유하였다.

이듬해(1599)에 공이 사명을 마치고 돌아오니, 선조가 크게 기뻐하여 공에게 전답과 노비를 특별히 하사하였다. 그 후 논하는 자들이 당시 정응태의 접반사였던 백유함(白惟咸)에게 죄를 돌려 하옥시키고 의정부, 사헌부, 의금부 등 삼성(三省)의 관원이 모여서 국문했는데, 이때에 공이 재판관이 되어 평결 보고서를 올려서 그의 억울한 정상을 밝히니, 선조가 그를 용서해 주었다.

그 후 조정의 의논이 더욱 강력하게 유성룡을 공격하였으니, 이는 갑오년(1594)에 화의를 주장하였기 때문이었다. 그러자 공 또한 글을 올려 '저도 일찍이 화의를 찬성하였으니 감히 요행으로 면할 수 없다.'고 스스로 탄핵하고 마침내 병을 핑계로 사면하였다. 오랜 뒤에 선조가 하교하기를, "남과 일을 함께 해 놓고 끝에 가서 번복하는 자는 이항복의 죄인이다." 하였다.

경자년(1600)에는 도체찰사 겸 도원수(都體察使兼都元帥)에 임명되어 호남, 영남 등 여러 도를 선무(宣撫)하면서 호남 지방의 부역을 늦추어 주기를 청하였다. 한편, 백성들을 안정시키고 해상 방어에 관한 16개 조목의 계책을 올렸다. 선조가 그 말을 많이 채용하니, 남방의 백성들이 순종하며 그 은덕을 많이 입었다. 그해 여름에는 영의정에 임명되어 조정으로 돌아갔다.

선조의 첫째 왕비인 의인왕후(懿仁王后)가 승하했을 때에 공은 상여를 따라 산릉에 갔다. 궁녀가 실수로 불을 내서 불이 영악전(靈幄殿)에 옮겨 붙었다. 창졸간에 생긴 변이라 사람들이 모두 당황하여 어찌할 바를 몰랐는데, 공이 조용하게 지휘하여 불을 다 끄고 나서는 예관을 불러 위안제(慰安祭)를 속히 거행하게 하였다. 마침내 절차에 따라 장례를 마치니, 그 사실을 들은 이들이 변고에 대처하는 공의 능력에 대해 탄복하였다.

그 후 공은 누차 사직을 요청하였으나, 선조가 윤허하지 않고 매우 간절히 타일렀으므로, 공이 그제야 나가서 일을 보았다. 선조가 명하여 학문과 행실이 있는 선비를 천거하게 하자, 공이 김장생(金長生), 신응구(申應榘), 이기설(李基卨)을 추천하여 왕명에 응하였다.

일찍이 선조를 모시고 다스리는 도리를 논하기를, “위에서 마음을 활짝 열고 공정한 도리를 행하면, 아래에서는 능히 파벌을 깨뜨리고 염치 있는 행동에 부지런히 힘쓸 것이니, 오늘날의 급선무는 바로 이것입니다.” 하니, 선조가 좋은 말이라고 칭찬하였다.

이때 건주위(建州衛)의 오랑캐 추장이 글을 보내 와서 우호 맺기를 청하였다. 공이 의논하기를, “이 추장은 명나라 조정으로부터 작위를 받았으므로, 우리나라로서는 의리상 사적인 관계를 맺을 수 없을 뿐만 아니라, 반드시 후일의 걱정거리가 될 것이니, 그 사신을 사절하소서.” 하였다.

임인년(1602) 봄에 이르러서는 사회적 정서가 크게 변하여 삼사(三司)에서 우계(牛溪) 성혼(成渾)에게 장차 추가로 죄줄 것을 논하였다. 공이 ‘성혼은 유림의 중한 명망을 입고 있으니 죄주어서는 안 된다’는 내용의 상소문을 썼는데, 마침 어떤 사람이 권신(權臣)의 지시를 받아 상소하여 공을 공격하면서 공을 ‘정철(鄭澈)의 패거리’라고 하였으므로, 공이 마침내 사직하고 상소문은 결국 올리지 않았다. 공은 끝내 이 일로 재상직을 그만두었다.

공은 일단 한가한 시간을 갖게 되자 집에만 들어앉아 손님을 사절하고 경전과 성리학 서적들을 두루 읽으면서 해야 할 일을 매우 엄격히 정하였다. 공은 또한 타고난 성품이 산수(山水)를 좋아하여 젊은 시절에 중흥동(重興洞) 골짜기에서 많이 노닐었었다. 이때에 이르러서는 매양 좋은 때를 만나면 반드시 한두 명의 아들과 조카들을 데리고 가서 노닐며 읊조리다가 밤을 지새우고 돌아왔다.

선조가 본디 공을 중히 여겼으므로, 공이 비록 자리를 떠났으나 은총과 예우는 줄지 않았다. 갑진년(1604) 설날 흰 무지개가 해를 꿰뚫은 변고가 일어나자, 선조는 신하들에게 솔직한 의견을 말하라고 하였다. 공이 이에 응하여 상소문을 올려 잘못된 일을 자세히 논했는데, 그 글에서 말하기를, "성심으로 신하들을 대하는 것은 의당 간언(諫言)을 받아들이는 데서부터 시작해야 하고, 공정을 기하는 것은 의당 인재를 등용하는 데로부터 시작해야 합니다." 하였는데, 사람들은 그 말이 매우 적절하다며 탄복하였다. 그 후 호종공신(扈從功臣)을 책록할 때에는 공이 으뜸이 되어 충근정량갈성효절협책호성공신(忠勤貞亮竭誠效節協策扈聖功臣)의 호가 내려졌다.

도적이 참판을 지낸 유희서(柳熙緖)를 살해했는데, 그 도적을 잡지 못하여 포도대장(捕盜大將) 변양걸(邊良傑)이 그 옥사를 끝까지 캐내어 다스리다가 귀양갔고, 유희서의 아들 또한 형장을 맞고 유배되었으므로, 영의정인 이덕형이 상소하여 이 일을 논하였다가 선조의 뜻에 거슬리어 마침내 파직되었다. 공이 이공 대신으로 영의정에 복직되자, 누차 사양하면서 말하기를, “변양걸이 귀양 간 일에 대해서는 신도 실로 가슴 아프게 여겼으나, 다만 미처 말을 하지 못했을 뿐입니다. 이덕형은 곧 이미 말을 한 신이요, 신은 곧 미처 말하지 못한 이덕형일 뿐이니, 죄는 아무리 드러나지 않았더라도 어찌 차마 심정을 숨길 수 있겠습니까.” 하고, 사직서를 무려 여덟 번이나 올려서야 윤허하였다.

병오년(1606)에는 대마도의 오랑캐 의지(義智)가 사신을 보내어 강화를 요청하였다. 영의정 유영경(柳永慶)이 건의하여 임진왜란 때 우리 능(陵)을 침범했던 적을 잡아 보내게 하자, 의지가 거짓으로 두 사형수를 잡아 바쳤다. 이들은 모두 나이가 어려서 임진년 당시에는 7, 8세 아이에 불과했던 자들이었다. 그런데도 유영경은 자기의 공으로 삼고자 하여 장차 종묘에 바친 뒤 그들을 사면하려 하였다. 이에 공이 그들을 변경에서 죽여 왜사(倭使)에게 우리 조정의 의지를 보여주자고 청하였으나, 조정에서는 끝내 유영경의 의논을 따랐다.

김계(金稽)라는 자가 상소하여 선조의 생부인 덕흥대원군(德興大院君)을 추존(追尊)하기를 청하였는데, 이는 유영경이 그에게 귀띔을 해준 것이었다. 상이 그 일에 관해 묻자, 빌붙는 무리들이 서로 다투어 그 일을 억지로 합리화시키었다. 그러자 공이 의논하기를, “이러한 일을 윗사람으로서 행한 사람은 한(漢) 나라의 애제(哀帝), 안제(安帝), 환제(桓帝), 영제(靈帝)이고, 아랫사람으로서 이 일을 그르게 여긴 사람은 송(宋) 나라의 주자(周子), 장자(張子), 정자(程子), 주자(朱子)였습니다.” 하니, 뭇 사람의 의논이 이에 정해져서 그 일이 중지되었다.

처음에 선조에게 적통의 왕자가 없어 광해군이 오래도록 세자로 있었는데, 덕을 잃는 일이 많았다. 그런데 마침 선조가 오래도록 앓아누워 생명이 위독하게 되자, 남의 불행을 즐기는 자들이 헛소문을 퍼뜨려 동요가 일어났는데, 이런 마당에 정인홍(鄭仁弘)의 상소가 들어가자, 인심이 의혹에 잠기고 조정 안팎에서 어찌할 줄을 몰랐다.

그 후 오래지 않아 선조가 승하하고 그 이튿날 광해군이 왕위를 이었다. 이때 왕자들 가운데 임해군(臨海君)의 나이가 가장 많고 사는 집이 대궐과 가까웠다. 평소에 잘못이 많은데다 집에는 무뢰한 병졸들을 모아 두고 있었다. 광해군이 오랫동안 그를 의심하여 꺼려 온 나머지, 군대를 모아서 대궐을 호위하고 궁궐 문을 낮에도 열지 못하게 명한 지가 한 달을 넘었다. 그러자 한 언관(言官)이 공에게 찾아와서 임해군의 일을 의논하므로, 공이 말하기를, “왕자가 상중에 있고 모반한 정상이 드러나지도 않았는데, 무슨 근거로

처벌을 한단 말인가?" 하였다. 며칠 뒤에 삼사(三司)에서 임해군이 모반을 했다고 광해군에게 몰래 보고하여 그를 교동에 유배 보냈다. 이에 공은 다른 사태가 벌어질까 미리 걱정하여 임해군의 안전을 보장해 주어야 한다고 극력 진술하였다. 영의정 이원익(李元翼)과 대사헌(大司憲) 정 구(鄭逑)의 논의도 공의 말과 합치하였다. 그러자 논자들이 역적을 비호한다고 시끄럽게 떠들어 댐으로써 마침내 조신들에게 화가 닥칠 계제가 되었다.

선조의 왕릉 자리를 확정한 상태에서 기자헌(奇自獻)이 풍수지리가의 말을 믿고 이의를 제기하며 선동하자, 공이 글을 올려 그의 망령됨을 변론함으로써 마침내 처음에 잡은 자리를 그대로 쓰게 되었다. 그리고 창원 부사(昌原府使) 정경세(鄭經世)가 상소하여 외척이 정권을 잡은 데 대한 잘못을 논하자, 광해군은 말이 전대의 조정과 관계된다 하여 그를 장차 하옥시키려 하였다. 공이 거듭 글을 올려 극력 구해준 덕으로 정경세는 형벌을 면하고 관직만 삭탈되었다.

4월에는 좌의정 겸 도체찰사에 임명되어 총호사(摠護使)의 임무를 수행하였다. 선조의 목릉(穆陵) 공사를 마치고 나자, 삼사(三司)가 다시 임해군의 처벌을 청하였다. 그러나 공은 전일의 의논을 변치 않고 굳게 주장하니, 정인홍이 상소를 올려 임해군의 안전보장을 주장한 사람들을 공격하였다. 그

려자 공이 두 차례 사직의 글을 올렸으나 윤허하지 않았다.

신해년(1611) 여름에는 정인홍이 상소를 올려 문원공(文元公) 이언적(李彦迪)과 문순공(文純公) 이황(李滉) 등 두 선대의 현인을 문묘(文廟)에서 제사 지내기에 합당치 않다고 헐뜯었으므로, 성균관 유생들이 글을 올려 반박하고 해명하는 한편 정인홍을 선비의 명부에서 삭제하였다. 지평(持平) 박여량(朴汝樑)은 정인홍의 무리였으므로, 그 사실을 고자질하여 아뢰었다. 광해군이 노하여 그 의논을 주창한 사람을 조사해서 가두게 하니, 유생들이 명을 듣고는 일제히 성균관을 비우고 떠나 버렸다. 그러자 공이 두 차례나 상소를 올려 '정인홍이 사심을 품고 선현을 헐뜯었으니, 여러 선비들이 이를 다 같이 분개한 데 대해 죄를 주어서는 안 된다'는 뜻을 극력 말하였다. 이에 대해 공을 이어 말하는 이가 더욱 많아졌으므로, 광해군은 마지못해 그 말을 따랐다.

이에 앞서 과거 응시생 임숙영(任叔英)이 답안지에서 조정의 처사를 비난하였다. 시험관이 이 글을 취하여 이미 급제자 명단에 이름을 올렸는데, 광해군이 명하여 그를 삭제하게 하였다. 공이 간하였으나 듣지 않으므로, 공은 임금을 따로 알현하여 두 선대의 현인에 대해서는 이의할 만한 것이 없고 임숙영의 급제 취소는 안 된다는 것을 차근차근 아뢰었다. 이에 광해군의 마음이 풀려 임숙영의 급제를 원상

회복시키도록 명하였다.

공이 정인홍의 뜻에 거슬리는 일을 계속하자, 정인홍은 기필코 공을 중상하려 하였다. 정인홍의 무리 수백여 명이 상소를 올려 공을 헐뜯으므로, 공은 매우 강경하게 벼슬을 그만두려고 하였다. 공이 도체찰사(都體察使)가 된 뒤로 광해군도 그 덕망을 존중하여 적지 않게 공을 믿고 위임해서 서북지방에 파견할 수령의 선발은 모두 공에게 맡겼다. 공이 매번 그 직책을 사양하였으나 윤허를 얻지 못하자, 군소배들이 이 때문에 공을 더욱 심하게 해코지하였다. 정인홍이 또 사람을 사주해서 상소하기를, '체찰부의 병권이 너무 막강하니 혁파해야 한다.'고 말하였으므로, 공이 또 매우 다급하고 절박한 말로 면직을 요청하는 상소를 무려 20차례나 올렸지만, 여전히 윤허하지 않았다.

임자년(1612)에는 김직재(金直哉)의 옥사가 일어나자, 시인인 권필(權韠)이 시어(詩語)로 필화를 입고 체포되어 고문을 받게 되었다. 공이 공적인 자리를 옮겨서까지 엎드려 울면서 간하였으나 광해군이 듣지 않아, 권필은 끝내 모진 고문 끝에 죽고 말았다. 이에 공은 통한을 금치 못하였다.

또한 술사(術士) 이의신(李懿信)이 요망한 말을 주창하며 교하(交河)로 천도하기를 청하자, 광해군이 그 말에 꽤나 솔깃해하므로, 공이 그 말을 통렬히 반박하여 물리쳤다.

계축년(1613)에는 위성(衛聖), 익사(翼社), 형난(亨難)의 세 가지 공훈에 책록되었으나, 이는 공의 뜻이 아니었다. 그 후 얼마 되지 않아 사형수 박응서(朴應犀)가 간사한 자의 사주를 받아 거짓 반역을 꾸민다고 고발하여 인목대비(仁穆大妃)의 부친인 연흥부원군(延興府院君) 김제남(金悌男)의 온 가족이 죽음을 당하였다. 이때 공은 사소한 잘못으로 인해 성 밖에 나가 대죄하다가 광해군의 부름을 받고 국청(鞫廳)에 나아갔다. 당시 영창대군(永昌大君)은 나이 겨우 8세였는데, 삼사(三司)가 그를 역적의 괴수로 지목하여 서로 소장을 올려 죽이기를 청하였다. 그러나 의정부에서만 유독 의사 표시를 하려 하지 않자, 군소배들이 끝없이 기세를 부리는 통에 무슨 화가 닥칠지 예측할 수 없는 상황이었다. 이때 두 재상급 신하들이 밤에 공을 찾아와서 화복(禍福)으로 공을 회유하고 협박하였으나, 공이 조금도 동요하지 않았다. 아들과 조카들이 눈물을 흘리면서 온 가족을 위해 달라고 애원하자, 공은 의연하게 이르기를, "나는 선 대왕의 두터운 은혜를 입어 재상의 지위에 이르렀고, 지금은 늙어서 곧 죽을 목숨인데, 어찌 차마 뜻을 굽히고 임금을 저버려서 스스로 명분과 의리를 무너뜨릴 수 있겠느냐. 나의 뜻은 이미 결정되었으니, 다시 말하지 말라." 하였다.

사헌부와 사간원에서 날마다 재상들을 윽박질렀으나, 공

만이 유독 앞서의 주장을 그대로 견지하였다.

장령(掌令) 정조(鄭造), 윤인(尹訒) 등이 광해군의 뜻에 영합하여 '대비(大妃)가 어미로서의 도리를 잃었으니, 마땅히 폐해야 한다.'고 주창하자, 공이 이덕형에게 이르기를, "우리들이 죽을 곳을 얻었네. 이 무리들이 사람을 씹을 적에 걸핏하면 역적을 토벌한다는 말을 하고, 또《춘추(春秋)》를 거짓 인용하여 상감을 미혹시키고 있네. 도대체 신하로서 임금의 어머니를 폐하는 것이 참으로 역적이 아니겠는가. 또 자식은 어머니를 원수로 삼을 수 없다는 것이《춘추》의 큰 뜻이 아니던가. 내가 마땅히 경전을 인용하여 의리에 입각해서 사악한 주장들을 통렬히 깨뜨리겠네." 하니, 이덕형이 기뻐하며 말하기를, "공이 시험 삼아 초고를 작성해 보게." 하였다. 이날 공은 집에 돌아와 조복도 벗지 않은 채 사랑채에 앉아서 눈을 똑바로 뜨고 말없이 있으므로, 자제들이 들어가서 그 까닭을 물었다. 공은 길게 한숨지으며 말하기를, "삼강(三綱)이 무너졌으니, 나라꼴이 될 수 있겠느냐. 나는 의리상 이 상황을 차마 좌시할 수 없으니, 의당 목숨을 걸고 할 말을 다하여 죽은 시체로 들것에 실려 돌아올 작정이다." 하였다. 대사헌 최유원(崔有源)이 본디 공을 존경하였으므로, 공이 의리로써 그를 격려하였다. 최유원이 공의 말을 듣고 마침내 정조, 윤인을 배척함으로써 그들의 말이 행해지지 못했으니, 이는 공의 힘이었다. 공이 상소문을 기초하여 이덕형에게 보이니, 훌륭하다고 칭찬하였다. 그런데 마침 공이 정협(鄭浹)을 잘못 천거한 일로 탄핵을 받고 물러나게 되어 그 상소문은 끝내 올리지 못하였다.

공은 탄핵을 당한 뒤에 한 어린 종에게 말고삐를 잡히고 동대문 밖으로 나가서 강가에 거처하다가 가을이 되자 노원(蘆原)의 촌가에서 잠시 살았다. 오두막집에 쑥대로 문을 엮어 단데다 거친 밥도 넉넉지 못했으나, 공은 아주 태연하게 지냈다. 오직 마음을 조용히 가라앉혀 글을 읽고, 한가할 때면 지팡이 짚고 짚신을 신은 채로 산과 계곡 사이로 소요하면서 회포를 풀곤 하였다. 한번은 공이 허름한 차림으로 나귀를 타고 청평산(淸平山)에 가서 노닐었는데, 마주친 사람들은 공을 알아보지 못하였다.

공의 장남 성남(星男)이 역적들의 모함을 받고 옥에 갇히자, 집안사람들이 뇌물을 주고 석방시키려 하므로, 공이 그리 하지 못하게 통렬히 금하였다. 그러자 정인홍은 더 한층 공을 꺼려 양사를 충동질해서 삭출을 청하도록 하였는데, 광해군이 그들의 주장을 묵살해 버렸다.

병진년(1616)에는 망우리(忘憂里)에 조그마한 집을 짓고 노원에서 그곳으로 이사하여 살았다. 그 이듬해 겨울에 이르러 폐모론(廢母論)이 또 일어났다. 이이첨(李爾瞻)·허균

(許筠) 등이 무뢰배를 사주하여 상소를 하게 하면서 인목대비의 죄상을 나열함에 있어 말이 패역(悖逆)스럽기 그지 없었다. 광해군이 그 상소문을 백관들에게 내려주며 의논하라고 하였다. 이때 공은 이미 중풍을 앓고 있는 중이었다. 갑자기 천둥소리가 크게 울리자, 공이 경악하여 이르기를, "하늘이 경계하여 알리는 것이다." 하였다. 얼마 후에 중추부의 낭관이 와서 공의 의견을 받아가려 하므로, 공은 부축을 받으며 일어나서 붓을 휘둘러 자신의 의견을 다음과 같이 썼다.

"누가 전하를 위해 이런 계책을 냈는지 모르겠습니다. 순임금은 불행하여 고집스러운 아비와 어리석은 어미가 항상 자식을 죽이기 위해 우물을 파게하고 창고를 수리하게 하였으니, 위태롭기가 또한 극에 달하였습니다. 그러나 순임금은 부르짖어 울고 원망하면서도 사모하여 부모의 옳지 못한 점을 보지 않았습니다. 참으로 아비가 비록 인자하지 않을지라도 자식은 효도하지 않을 수가 없기 때문에 《춘추》의 의리가 '자식은 어머니를 원수로 삼을 수 없다'는 것입니다. 더구나 《예기》에 의하면 '공급(孔伋)의 아내가 된 사람은 분명히 공백(孔白)의 어머니가 되는'데야 더 말해 무엇하겠습니까. 정성과 효성을 바쳐야 하는 중대한 인륜관계에 있어서 그 사이에 어찌 간격이 있을 수 있겠습니까. 지금은 마땅히 효로써 나라를 다스려야 할 때로, 그리만 하면 온 나라가 장차 점차로 교화될 희망이 있습니다. 그런데 어찌하여 이런 말이 전하의 귀에 들어갔단 말입니까. 지금 행하실 도리로 말씀드리자면, 순임금과 같은 덕을 본받아서 효성으로써 화목하게 하시고 차차로 다스려서 노염을 돌려 인자함으로 변화시키시는 것이 어리석은 신의 바람입니다."

이 의논이 이르자, 조정과 민간에서 그 소식을 들은 사람들이 공을 위해 두려운 마음에 머리털이 곤두섰고, 혹은 눈물을 흘리는 이도 있었다. 아전은 공의 의논을 기록할 적에 심지어 손이 떨려서 종이에 붓을 댈 수 없는 지경에 이르렀다. 마침내 삼사가 공을 먼 변방에 위리안치(圍籬安置)하기를 청하였는데, 오랜 뒤에 다만 먼 데로 유배를 보내라고 명하였다. 의금부에서 유배 장소를 정하면서 모두 여섯 번이나 지역을 바꾸다가 비로소 함경도 북청(北靑)으로 정하였다.

무오년(1618) 정월에 비로소 유배 길에 올랐는데, 공은 분명히 돌아오지 못하리라 스스로 헤아리고 집안사람에게 명하여 수의와 염하는 데 필요한 도구들을 다 챙기게 해서 가져갔다. 또 여러 자식들에게 경계하여 이르기를, "나라를 잘못 섬겨 이런 죄를 얻었으니, 내가 죽거든 조복으로 염하지 말고 도포만 사용하라." 하였다. 배소에 이르러서는 묵은 중풍이 다시 발작하여 증세가 더 중해졌다. 5월에 이르러 공이 꿈을 꾸니, 선조(宣祖)가 정전에 나와 있고 유성룡·김명원(金命元)·이덕형 등이 선왕을 모시고 앉아 있다가 이덕형이 공을 부르자고 청하는 것이었다. 공은 그 꿈을 깨고 나서 탄식하기를, "내가 세상에 오래 있지 못하겠구나." 하였는데, 며칠 후에 마침내 병이 위독해져서 그 달 13일에 작고하니, 향년이 63세였다.

공이 작고하자, 부음을 듣고 와서 곡하는 인근 고을의 선비와 백성들의 숫자를 이루 기록할 수 없을 정도였다. 함흥(咸興)·정평(定平)·영흥(永興)·안변(安邊)의 선비들이 각기 제문을 지어 가지고 와서 치제하였다. 영남의 선비 정심(鄭杺) 등은 천리 길에 사람을 보내어 부의를 전하였는데, 이들은 모두 공이 평소에 알지 못했던 사람들이다.

공의 자제들이 상여를 받들고 돌아와서 이해 8월 4일에 경기도 포천(抱川)의 선영에 장사 지냈다. 그 후 북청과 포천의 인사들이 공을 위해 사당을 건립하기에까지 이르자, 나라에서 금해도 막을 수가 없었으니, 인심 속에 있는 여론을 속일 수가 있겠는가.

공은 타고난 자질이 매우 고상하고 탁 트여서 큰 도량이 있었다. 신장은 보통 사람을 넘지 못했으나, 행동거지가 걸출하고 풍채가 의젓하였다. 맑고 깨끗함과 효성스럽고 우애가 있음은 대체로 타고난 천성이었고, 화목을 중시하여 친족들을 단결시키는 데는 옛사람들의 집안 다스리는 법도가 있었다.

젊은 시절 성품이 호탕하여 일찍이 한 관기를 좋아한 적이 있었다. 문득 '정이 한 곳에 치우치면 반드시 몸과 마음에 해가 된다'는 것을 스스로 생각하여, 마침내 통렬히 끊어버리고 그 후로는 성색(聲色)을 전혀 가까이하지 않았다.

임진년의 변란 때에는 말고삐를 잡고 임금을 호종하여 노숙을 해 가면서 이리저리 주선하고 앞뒤에서 보좌하여 지혜와 힘을 다하였으니, 중흥의 계책이 대체로 공에게서 나온 것이 대부분이었다.

공이 39년 동안 벼슬을 하는 가운데 이조판서를 한 번, 병조판서를 다섯 번, 의정을 네 번, 원수(元帥)를 한 번, 체찰사를 두 번 지냈다. 출장입상(出將入相)한 20여 년 동안에 공이 계획하고 건의한 일로 사람들의 이목에 뚜렷이 남아 있는 것들은 한두 가지로 헤아릴 수 없을 정도이다.

공이 처음 벼슬할 적에 일찍이 문성공(文成公) 율곡(栗谷) 이이(李珥)를 찾아가 뵈니, 문성공은 한눈에 나라의 큰 그릇임을 알아보고 이르기를, "나는 시골로 돌아갈 뜻이 있으니, 자네는 석담(石潭)으로 나를 한번 찾아오게나." 하였다. 이때 문성공이 막 이조판서가 되어 공을 등용하려고 했는데, 공이 자주 찾아가는 것을 거북하게 여겨 묻고 배울 수가 없었다. 그 후 얼마 안 되어 문성공이 작고하였으므로, 공은 종신토록 이를 한스럽게 여겼다.

공은 늦게야 학문을 좋아하여 글 짓는 자질구레한 규칙에 얽매이지 않고 독자적으로 근본을 터득하려고 노력하였다. 일찍이 〈함양명(涵養銘)〉을 지었는데, 글의 뜻이 뛰어나서 자득한 의취가 있었다. 또 치욕(恥辱), 서상(書床), 양야(養夜), 계주(戒晝), 경석(警夕) 등 다섯 편의 잠(箴)을 저술하여 스스로 성찰하였다. 문장을 짓는 데는 뛰어난 기운이 있어 호방 초탈하고 웅건 민첩하여 본래의 법식을 따르지 않았고, 필적은 호탕하여 법이 있었으며, 화법도 약간 알아서 묘한 운치가 있었으나 이윽고 그만두고 다시는 하지 않았다.

공이 저술한 시문집 약간 권이 있다. 《조천창수록(朝天唱酬錄)》 1권, 《주의(奏議)》 2권, 《계사(啓辭)》 2권, 《예경(禮經)》의 핵심어들을 분류 편찬한 《사례훈몽(四禮訓蒙)》이란 책 약간 권, 춘추좌씨 내외전(左氏內外傳)을 참조 교합하여 편찬한 《노사영언(魯史零言)》이란 책 15권이 집에 소장되어 있다.

공이 작고하자 광해군도 놀라고 애도하여 공의 관작을 복구시키라고 명하였다. 반정으로 인조가 즉위하자 담당자에게 제사를 지내라고 명하였다. 공의 부인은 정경부인(貞敬夫人) 권씨(權氏)이고, 아들은 성남(星男), 정남(井男)이며, 측실(側室)에서 낳은 아들은 규남(奎男), 기남(箕男)이다.

1598년 무술년 (선조 31년)

12월 3일

얼어붙은 용천강

물가의 주린 까마귀는 저녁 모래 위에서 우는데,
눈 섞인 누런 구름은 어부의 삿갓에 어려 있네.
음산의 사냥터엔 일천 기병이 아득히 널려 있고,
발해의 양곡 실은 배는 한쪽 가에 막혀 있구나.
만 리 길 나그네가 관문 밖의 꿈을 놀라 깨니,
거의 다 센 머리가 귀밑 가에 하얗게 빛나누나.
오랫동안 동호의 얼음낚시 모임을 저버렸으니,
어찌하면 얼음 깨고 손수 고기를 잡아 볼까.

月沙公示咏雪五首

河上飢烏噪晚沙 黃雲和雪凍漁簑 陰山野獵迷千騎 渤海糧帆滯一涯
萬里客驚關外夢 九分頭白鬢邊華 東湖久負叉魚會 那得敲氷手刺楂

남쪽의 승전보를 듣고 1

뭇 천제가 떠들썩하게 신비한 기교를 부려 놓고,
다시 밝은 달로써 맑고 기이함 겨루게 하였네.
좋은 놀이의 섬곡에선 그 누가 배를 돌렸던가.[1)]
뛰어난 무용은 회서에서 아마 때를 얻었으리.[2)]
밤 까치는 처마에 붙어서 능히 야경을 서고,
찬 올빼미는 나무에 앉아 혹 배고파 울기도.
객지의 정경이 모두가 뛰어나기만 하니,
어찌 그대에게 다섯 수의 시가 없을 수 있으랴.

月沙公示咏雪五首

群帝譁譁弄秘機 更敎明月鬪淸奇 眞遊剡曲誰廻棹 神武淮西想得時
宿鵲附簷能警夜 凍鴟蹲樹或呼飢 客中情景俱殊絶 未可無君五首詩

---

1) 진(晉) 나라 때 산음현(山陰縣)에 살던 왕휘지(王徽之)가 눈 내린 어느 날 밤에 달빛 또한 청명하자, 갑자기 섬계(剡溪)에 사는 친구 대규(戴逵)가 생각나서 그대로 밤에 배를 타고 밤새도록 가서 대규의 문 앞에 이르렀다가 그 집에는 들어가지 않고 다시 배를 되돌렸다. 어떤 이가 그 까닭을 물으니, 왕휘지가 대답하기를, "처음에 흥(興)이 나서 갔다가 흥이 다해서 그냥 돌아가는 것이니, 어찌 꼭 대규를 만날 필요가 있겠는가."라고 한 데서 온 말이다.《晉書 卷80》

2) 당 헌종(唐憲宗) 때 회서 절도사(淮西節度使) 오원제(吳元濟)가 모반하여 그를 토벌할 적에 장군(將軍)이소(李愬)가 마침 큰 눈이 내리던 밤에 회서를 쳐들어가서 오원제를 사로잡고 끝내 회서를 평정했던 고사에서 온 말인데, 여기서는 곧 눈 내린 때에 남로(南路)의 승첩(勝捷) 소식을 들었으므로 비유하였다.《唐書 卷154》

눈 내린 밤에 1

세상 걱정에 강한 창자가 불이 활활 타는 듯하여,
밤중에 미친 듯 부르짖어 온 대지가 쩡쩡 울리네.
짐짓 얼음 꽃을 보내어 뜨거운 뇌를 식혀 주고,
또 옥 꽃술을 가져다가 시 생각을 씻어 주누나.
황충은 응당 땅에 묻혀라 먼저 상서를 바치었고,
개지는 하늘에 퍼지려고 문득 동산에 가득하네.
생각건대 고향 산 아래 깊은 대숲 속에서는
대낮에 문 잠그고 목로 불에 밤 구워 먹으리.

月沙公示咏雪五首

剛腸憂世劇如焚 夜起狂號徹厚坤 故遣氷花除熱惱 且將瓊蘂洗詩魂
蝗應入地先呈瑞 絮欲漫天忽滿園 却憶舊山深竹裏 木爐煨栗晝關門

눈 내린 밤에 2

서롱[1]의 높은 재주 그 명성이 천하에 떨쳤고,
한때 지은 글이 삼도부[2]처럼 문단을 압도하네.
경치 대하여 시 찾는 빚은 한가히 갚으려니와,
난간 기대어 눈 읊는 그림은 누가 그려 주려나.
옛 수졸은 사냥 갔다 돌아와 추워서 벌벌 떨고,
긴 강물은 꽁꽁 얼어서 도로가 험난하구려.
그대 시에서 원안처럼 누웠다[3]고 날 조롱했으니,
한번 묻노라니, 그대는 산음의 흥취[4]가 있는가?

---

1) 당(唐) 나라 때 뛰어난 시인 이백(李白)의 고향인 농서(隴西)를 가리키는데, 여기서는 이정귀(李廷龜)가 성이 이씨(李氏)이고 문장 또한 뛰어났기 때문에 그를 이백에게 비유한 말이다.

2) 진(晉) 나라 때의 문장가인 좌사(左思)가 지은 촉도부(蜀都賦), 오도부(吳都賦), 위도부(魏都賦)를 가리키는데, 당시에 이 삼도부가 천하에 회자(膾炙)되어 사람마다 이것을 베낌으로 인하여 낙양(洛陽)의 종이 값이 폭등했다고 한다.

3) 후한(後漢) 때 원안이 일찍이 한 길이 넘는 대설(大雪)이 내렸을 적에 문 앞의 눈도 치우지 않고 혼자 방 안에 가만히 누워 있었으므로, 때마침 순시차(巡視次) 나온 낙양 영(洛陽令)이 원안의 집 앞에 이르러 눈이 치워지지 않은 것을 보고 이상하게 여겨 사람을 시켜 들어가 물어 보게 하였더니, 원안이 말하기를, "대설이 내려서 사람이 모두 굶어 죽는 판이니, 남을 간섭해서는 안 된다."고 했다는 데서 온 말이다. 여기서는 눈을 읊은 시이기 때문에 이 고사를 인용한 것이다.

4) 진(晉) 나라 때 산음현에 살던 왕휘지(王徽之)가 눈 내린 달밤에 친구 대규(戴逵)가 생각나서 즉시 배를 타고 섬계(剡溪)까지 갔다가 대규는

月沙公示咏雪五首

西隴才名振八區 一時詞賦擅三都 閑酬對景尋詩債 誰畫憑欄咏雪圖
古戍獵歸寒栗冽 長河氷白路崎嶇 雲牋調我袁安臥 試問山陰興有無

만나지 않고 바로 되돌아왔던 고사이다.

눈 내린 밤에 3

새끼 양 고기에 울금주를 그 누가 바치었나.
늙은 눈에 잠이 없어 병풍에 기대 있노라니,
시름은 나그네의 한가로움 속에 고통스럽고,
눈 내리는 소리 깊은 밤 고목에서 들리누나.
맑은 시상이 상큼하게 떠오르매,
고상한 운치 시원하여 졸음을 깨울 만하네.
여기서부터 계문까지는 천 리나 먼 길이니,
백 편의 시로 가는 역마다 꾸며 주리라.

月沙公示咏雪五首

羔兒誰薦鬱金缾 老眼無眠倚曲屛 愁向旅窓閑裏苦 雪從枯木夜深聽
淸詩帶爽來投暗 仙韻生氷可喚醒 從此薊門千里路 百篇隨處賁郵亭

12월 6일

강을 건너며 1

빗발처럼 말을 달려 빙하를 건너고 나니,
요동[1]의 산과 들판이 눈에 아득히 들어오네.
옛 돈대에서 사람을 만나 앞길을 물어 보고,
서쪽으로 오색구름[2]을 바라보니 그곳이 황궁이로군.

次月沙過江口占韻

馬蹄如雨踏氷河 鶴野遼山入眼賖 古堠逢人問前路 五雲西望是皇家

1) 옛날 요동(遼東) 사람인 정영위(丁令威)가 선술(仙術)을 배워서 뒤에 학(鶴)이 되어 하늘로 올라갔다는 고사에서 온 말로, 요동 지방을 가리킨다.

2) 오색(五色) 구름이 머문다는 선인(仙人)의 거소(居所)를 가리키는데, 전하여 군왕(君王)의 궁궐을 의미한다.

강을 건너며 2

변두리 역로는 자리를 깔아 놓은 듯 평탄한데,
파리한 말은 추워서 채찍질해도 나아가지 못하네.
늦게야 마을에 들어 바삐 꼴을 먹이고 나니
서쪽 숲에 저무는 빛이 이미 푸르스름 어둡구나.

次月沙過江口占韻

邊頭驛路若鋪筵 羸馬衝寒策不前 晚入小村催秣草 西林暮色已蒼然

남쪽의 승전보를 듣고 2

방패와 도끼 들고 번거로이 양계에서 춤추지 않아도,[1)]

삼군의 등등한 사기가 도성에 넘치었구려.

위엄과 은혜 가하여 서하[2)]를 복종시키었으니,

연연산에 새긴 비명[3)]이 다시 아름다우리.

늙은이 담력은 높고 커서 주안상을 자주 찍고,[4)]

기쁜 마음은 허둥지둥 홀로 회포를 노래하네.

동쪽에 온 여러 장수들 뛰어난 재주 많으니,

묻노라 누가 먼저 회채[5)]에 들어갔던가?

---

1) 우(禹) 임금이 불공(不恭)한 묘족(苗族)을 정벌하려고 하다가 익(益)의 간언(諫言)을 듣고는 정벌을 그만두고 문덕(文德)을 펴면서 방패와 새깃[干羽]을 손에 쥐고 양계(兩階)에서 춤을 추었더니, 칠순(七旬) 만에 묘족이 감복(感服)했다는 데서 온 말이다. 《書經 大禹謨》

2) 부족(部族)의 이름으로, 북송(北宋) 때에 그 족인(族人)인 이원호(李元昊)가 칭제(稱帝)했는데, 사서(史書)에서는 이를 서하(西夏)라 일컫는다.

3) 후한(後漢) 때 두헌(竇憲)이 흉노(匈奴)를 정벌하고 연연산에 이르러 비(碑)를 세워서 공업(功業)을 기술할 적에 그를 수행(隨行)했던 반고(班固)가 연연산명(燕然山銘)을 지어 그의 공업을 찬송한 데서 온 말이다.

4) 주안은 상주문(上奏文)을 올려 놓는 궤(几)를 이른다. 삼국 시대(三國時代) 오(吳)의 손권(孫權)이 조조(曹操)를 맞이하자는 제장(諸將)의 의논을 듣고 칼을 뽑아 앞에 놓여 있는 주안을 찍으면서 말하기를, "여러 장리(將吏)들 중에 감히 다시 조조를 맞이해야 한다고 말하는 자가 있으면 이 주안과 같이 될 것이다."고 하여, 절대로 한적(漢賊)인 조조를 맞이할 수 없다는 뜻을 결단했던 데서 온 말이다. 《三國志 周瑜傳 注》

5) 회서(淮西) 지방을 가리키는 말로, 당 헌종(唐憲宗) 때 회서 절도사(淮

次月沙聞南邊的報 喜而口占韻

干戚休煩舞兩階 三軍騰氣溢天街 威加党項恩兼服 碑勒燕然頌更佳
老膽輪囷頻斫案 喜心翻倒獨歌懷 東來諸將多才俊 借問誰先入蔡淮

西節度使) 오원제(吳元濟)가 모반하여 그를 토벌할 적에 장군(將軍)이소(李愬)가 마침 큰 눈이 내리던 밤에 회서를 쳐들어가서 오원제를 사로잡고 끝내 회서를 평정했던 고사에서 온 말.

12월 8일

건하 도중에서 1

소매 가득한 거센 바람이 두건을 벗기누나.
나그네의 회포를 응당 샛별은 알리로다.
누구를 의탁하여 용면거사[1]의 솜씨를 빌려다가,
내 슬피 노래하며 칼 만지는 걸 그리게 할까.

次月沙韻

滿袖天風岸接罹 客懷應有曉星知 憑誰倩得龍眠手 畫我悲歌叩劍時

---

1) 송(宋) 나라 때의 화가로 호가 용면거사(龍眠居士)인 이공린(李公麟)을 가리킨다.

건하 도중에서 2

이 길은 가도 가도 끝이 없구나.

큰 숙소와 작은 숙소가 서로 이어졌네.

점심밥은 계곡에 솥 걸어서 짓고,

마른 갈대는 물가 모래밭에서 주워 오네.

겨울이 따사로워 진흙은 언덕에 녹고,

마을이 텅 비니 개는 별을 보고 짖누나.

무심한 길가의 나무들은

맑은 이 탁한 사람을 몇이나 겪었을까?

次月沙沿途見寄

此路行不盡 長亭連短亭 午炊依石磵 枯葦拾沙汀
冬暖泥融坂 村虛犬吠星 無心道傍樹 淸濁幾人經

봉황성[1]

듣자니 천제의 후손 동명성왕[2]이 머나먼 옛날에,
산에 의지하여 옛 성터를 잡았는데,
양을 매단 일은 속담에 전해오고,
묶인 말은 오랜 포위를 벗어났네.
지나간 일이라 옛 성은 황폐하건만,
석양 아래 첩첩 산봉은 우뚝하도다.
이제는 임금의 힘을 노래하는 터이라,[3]
그 영토가 우리 성상께 들어왔도다.

---

1) 세속에 전하는 말에 의하면, 이 성이 일찍이 적에게 포위되었는데, 성을 지키던 자가 끝까지 지킬 수 없음을 알고, 북에는 양을 매달고 구유통에는 말을 묶어 두고서 밤중에 성을 버리고 도망쳤다. 그런데 양은 이리저리 뒤척거리면서 네 발굽으로 북을 차대고, 말은 제자리에 서서 구유통을 발로 마구 차서 둥둥 소리가 크게 울리자, 적들이 무슨 대비가 있는가 의심하여 감히 들어오지 못함으로써 마침내 적의 포위를 벗어나게 되었다고 한다.

2) 고구려의 시조 동명왕(東明王)고주몽(高朱蒙)이 자신을 천제(天帝)의 아들이자 하백(河伯)의 외생(外甥)이라 칭한 데서 온 말로, 동명왕을 가리킨다.

3) 천하가 태평함을 뜻한다. 요(堯) 임금 때에 천하가 태평하여 백성들이 천자(天子)의 은덕을 입은 줄도 전혀 모른 나머지, 어느 노인이 배불리 먹고 배를 두드리며 노래하기를, "해가 뜨면 나가서 일하고 해가 지면 들어와 쉬며, 우물 파서 물 마시고 농사지어 먹고 사는데, 임금의 힘이 나에게 무슨 상관이 있느냐."고 한 데서 온 말이다.

鳳凰山

聞說天孫遠 因山有舊譏 懸羊傳俗諺 縛馬脫長圍
往事荒城廢 斜陽疊獻巍 秖今歌帝力 封壤入垂衣

봉황산

왕명으로 분주하여 날마다 얼음을 마시며,[1]
천 층의 옥이 쌓인 선산을 멀리 바라보네.
나이 늙어 다리 힘도 쇠해서 강건치 못하나,
쇠사다리 높이 드리우면 혹 오를 수 있을런가.

鳳凰山

王事驅馳日飮氷 仙山遙望玉千層 殘年脚力衰難强 鐵鎖高垂倘許登

1) 왕명(王命)을 받들고 책임감에 의해 몹시 두렵고 걱정이 되어 속이 타는 것을 이른다. 《장자(莊子)》 인간세(人間世)에, "나는 아침에 명(命)을 받고 저녁에 얼음을 마셨으니, 나에게 내열(內熱)이 생겼는가 보다."라고 한 데서 온 말이다.

12월 9일

두령에서

치자나무 가득한 산이 온통 눈꽃에 덮였는데,
구름 사이로 햇살이 밝은 놀을 쏘아 보내네.
넓고 큰 천지가 맑은 기운 가득 품은 속에,
바다와 산이 희미하게 흰 꽃과 맞닿았구나.
눈 쌓인 나무 얼음 절벽에 한 해가 저물어 가니,
산천이 온통 옛날 모습과 비슷하구나.
함께 온 노시인은 한가로운 얘기를 잘도 하여,
신계[1] 한 길목의 구경거리를 환기시켜 주네.

次月沙斗嶺上曉霜口號韻

薝蔔漫山遍六花 雲間日脚漏明霞 乾坤浩渺涵澄氣 海嶽微冥接素華
雪樹氷崖逼歲闌 山川渾似舊容顔 同來詩老能閑語 喚作新溪一路看

1) 월사공이 마상에서 누차 이곳 산천이 신계(新溪), 수안(遂安) 사이의 경치와 흡사하다고 말하였으므로, 말구에서 그것을 언급하였다.

통원보에서

변방 성에 해 떨어져 날은 어둡침침한데,
축국장에서 노니는 기마들을 많이 만났네.
온 천하가 이미 천자의 영토로 귀속됐기에,
먼 지방 백성들도 생업을 즐기게 되었도다.
북에서 날아올 오랑캐 먼지는 산이 막아 주고,
남쪽을 엿보는 외적은 바다가 방어해 주네.
만 리 길 이 행차는 진정 한 가지 쾌사로다.
갑 속에 든 칼이 수시로 위엄을 떨치는구나.

次海月通遠堡韻

邊城落日晩荒荒 遊騎多逢蹴踘場 率土已全歸版籍 遐氓猶得樂耕桑
腥塵臭北山爲障 妖孽窺南海作防 萬里此行眞一快 匣中時復拂秋霜

12월 13일

월사 공에게

만 리 길 먼 행차에 질병이 많아서,
의원의 어떤 치료도 듣지를 않네.
마음을 안정하는 데 좋은 약이 있으니,
가만히 앉아 시 읊는 일 그만두는 것.

月沙公累投篇章索和 余投筆久矣 困於效嚬 以詩謝之

萬里行多病 醫治百不宜 安心有上藥 靜坐廢吟詩

요양에서

북로에 세운 겹겹의 관문 웅장하기도 해라.
서남쪽의 키요 굴대인 여기가 요충이로세.
그림 같은 주렴 휘장엔 생황 노래 울려 나고,
아름다운 누대들은 아득한 놀 속에 보이네.
집에 그려진 기린은 봉황과 서로 사귀는 듯,
사람이 탄 천리마는 나는 용을 희롱하는 듯.
군왕께서 동쪽 정벌에 마음을 가다듬으니,
비호같은 용사들이 팔찰궁[1]을 다투어 쏘누나.

遼陽記見 示月沙海月二君子

北路重關建置雄 西南柁軸此爲衝 煙雲簾幕笙歌裏 錦繡樓臺杳靄中
屋畫麒麟交瑞鳳 人騎騕褭弄游龍 君王銳意征東事 熊虎爭彈八札弓

---

1) 팔찰(八札)은 여덟 겹이란 뜻이다. 춘추시대 초(楚) 나라 반당(潘黨)이 양유기(養由基)와 함께 갑옷을 겹쳐 놓고 활을 쏘아서 일곱 겹을 꿰뚫었다는 고사에서 온 말로, 즉 활 쏘는 솜씨가 매우 뛰어났음을 의미한다.

봉래산에 노닐고 싶어서 1

노오[1]는 일찍부터 신선을 배워,
항상 드높게 날아오를 뜻이 있었네.
꿈에 봉래산을 찾아 노닐다가,
흥이 나면 종이 빼곡이 글을 썼지.
중년에 인간 세상으로 떨어져서,
처음 먹은 마음을 도중에 포기했네.
늦게야 신선 약사[2]와 서로 만나매,
나의 고상한 그 뜻을 받아 주어,
그대로 광대한 기운 타고 제멋대로 노닐다가,
부구씨[3] 만나 뵙기를 청하였더니,
스스로 말하길 나에게 홍보[4]있어,

---

1) 본디 연(燕) 나라 사람인데, 진시황(秦始皇)이 그를 불러 박사(博士)로 삼아서 그로 하여금 신선을 구하게 하였으나, 그는 한번 가서 돌아오지 않고 노산(盧山)에 은거하다가 선인(仙人) 약사(若士)를 만나서 뒤에 신선이 되어 갔다고 한다.

2) 옛 신선.

3) 옛 신선인데, 혹은 황제(黃帝) 때 사람이라 하고, 혹은 주 영왕(周靈王) 때 사람이라고도 하며, 혹은 한(漢) 나라 초기의 부구백(浮丘伯)이라고도 한다.

4) 한(漢) 나라 때 회남왕(淮南王)유안(劉安)이 저술한 비서(秘書)의 이름인데, 이 책에는 신선이 귀신을 시켜 금단(金丹)을 만드는 방술이 적혀 있다고 한다.

삼청의 복지[5]가 적혀 있다 하네.
대전 소전 구경거리를 찾아,
이따금 영묘한 글자들을 엿보니,
아름다운 금모래 화려한 구슬나무,
그 중 한둘에서 상상할 수 있었네.
선경이야 갈 수 없어서,
힘 다해 마침내 여기에 이르렀네.
서로 옥황께 조회하기를 기약하고,
함께 삼천리 넓은 땅을 두루 밟아,
거센 바람 속에 담소를 숨긴 채,
그윽한 경치 일일이 다 찾았도다.
함께 노닌 사람은 속인이 아니라,
고현에서 도인 이이[6]를 얻었고,
유람한 곳은 모두 구슬 궁전이라,
오색구름 들쭉날쭉한 그곳이라오.
한가로이 비공[7]의 지팡이를 끌고,

---

5) 삼청은 도가(道家)에서 말하는 옥청(玉淸)·상청(上淸)·태청(太淸)의 삼천(三天)을 말하고, 복지는 신선이 사는 곳을 의미한다.

6) 춘추시대 초(楚) 나라 고현(苦縣) 사람으로 도가의 시조가 된 노자(老子)의 이름이다.

7) 비공은 후한(後漢) 때의 도인 비장방(費長房)을 가리킨다. 그는 신선 호공(壺公)을 따라 산에 들어가서 신선술을 배웠는데, 호공을 하직하고 나올 적에 호공이 그에게 부적 하나를 주면서 그것을 가지고 지상의 귀

둘이 함께 금고의 잉어[8]를 타고서,
가다가 옥함의 글[9]을 만나보고는,
문득 봉래산이 가까움을 깨달았네.
인연을 따름 또한 전세의 인연이라,
기이한 경계를 지금도 기억하노라.
물가의 누대와 달 아래 소나무가
함께 모여 놀던 곳이 역력하구려.
신선 약사가 노오에게 말하기를,
그대가 약수[10]를 뛰어넘을 수 있겠나?
노오는 절하고 머리를 조아리며,
약사와 함께 유희하기를 원하였네.
신선 사는 곳에 한가한 땅 있거든,
유랑하는 나를 그곳에 살게 해 주오.

신들을 자유로이 부리도록 해 주었다. 과연 그는 그 방법에 따라 채찍으로 귀신을 매질하여 마음대로 부렸다고 한다.

8) 옛날에 금고란 사람이 도술을 배워 잉어를 타고 신선이 되어 갔다는 고사에서 온 말이다.

9) 옥으로 장식한 상자에 든 진귀한 서책을 이르는 말로, 여기서는 신선술에 관한 책을 의미한다.

10) 기러기 털도 가라앉는다고 하는 선경(仙境)에 있는 강(江) 이름이다.

黃書狀感壁間關東誌有作 余嘗願一遊而不可得 因步其韻爲寓言長句

盧敖早學仙 常有軒騰志 夢尋蓬島遊 有興書滿紙
中歲落人間 初心半途棄 晩與若士遇 許我靑霞意
仍騎汗漫遊 請謁浮丘氏 自言有鴻寶 三淸福地誌
求觀大小篆 往往窺靈字 金沙與珠樹 想像得一二
仙山不可到 役役窮至此 相期朝玉皇 相期朝玉皇
天風隱笑語 一一窮幽致 同遊非俗人 苦縣得李耳
所歷皆琳宮 五雲參差是 閑携費公杖 共乘琴高鯉
行逢玉函文 忽覺蓬萊邇 隨緣亦前因 異境今能記
漪臺與月松 歷歷曾遊地 若士語盧敖 君能超弱水
盧敖拜稽首 願與同遊戲 仙都有閑地 着我浮遊子

봉래산에 노닐고 싶어서 2

일찍이 들으니 옛날 진계경[1]은
떠돌아다니면서 뜻을 얻지 못하고,
절에 가서 벽에 붙은 그림을 보니,
고향 산천이 종이쪽에 옮겨졌기에,
장난삼아 푸른 대나무 잎을 가지고,
배를 만들어 처음에 한 번 버렸다가,
이윽고 그 배로 고향 산천 당도하여,
순식간에 평생의 뜻을 이루었다네.

---

1) 《이문실록(異聞實錄)》에 의하면 다음과 같은 고사가 있다. 강남(江南) 지방에 살았던 진계경이 일찍이 진사에 응시했으나 낙제하고는 10년 동안 집에 돌아가지 못하고 있다가 어느 날 청룡사(靑龍寺)에서 종남산옹(終南山翁)을 만났다. 그런데 마침 동각(東閣)의 벽(壁)에 환영도(寰瀛圖)가 있는 것을 보고 진계경이 자기 고향 강남 길을 찾다가 길게 탄식하며, "어떻게 하면 배를 타고 집에 돌아갈 수 있을까?." 하자, 종남산옹이 웃으면서 말하기를, "집에 가기는 어렵지 않다." 하고, 즉시 댓잎[竹葉]으로 배를 만들어 환영도 위에 올려놓았다. 그래서 진계경이 이를 찬찬히 들여다보고 있노라니, 점차 위수(渭水)에 물결이 일고 그 죽엽선(竹葉船)이 점점 커지므로, 이에 그 배를 타고 10여 일 만에 자기 집에 당도하였다. 그랬다가 하룻밤에는 다시 그 배를 타고 옛 길을 따라 가서 다시 청룡사에 들르니, 종남산옹이 아직껏 그대로 앉아 있으므로, 진계경이 종남산옹에게 이것이 꿈이 아니냐고 묻자, 종남산옹이 말하기를, "60일 뒤에 절로 알게 될 것이다."라고 하였다. 그 후 과연 진계경의 처자가 강남에서 달려와 진계경이 세상을 싫어한다고 말하고, 또 "아무 날 밤에 집에 돌아와서 서재(西齋)에 시를 써 놓았다."고 하므로, 진계경이 그제야 비로소 꿈이 아닌 줄을 알았다고 한다.

이 말은 참으로 믿어지질 않으니,
처음에 누구로부터 전해 온 것인가?
황당한 말은 제동야어[2]에 관계되고,
일은 산해경[3]의 기록과 비슷하구나.
인간에 허깨비 아닌 것이 있으랴마는,
허깨비 중의 허깨비는 바로 문자로구나.
초와 월이 멀리 떨어져 있기는 하나,
그 땅을 별개로 구분할 수는 없는 것.
모두가 똑같이 같은 하늘 아래인데,
어찌 진정한 피차 구분이 있으랴.
부군이 타관 벼슬살이에 고생하면서,
목을 길게 빼고 고향을 생각하누나.
더구나 지금은 만 리나 먼 길이니,
고향 소식을 어떻게 전한단 말인가.
경치를 만나도 눈을 붙이기 어렵고,
소리를 들어도 귀에 들어오지 않다가,
다행히도 나그네 거처하는 곳에서
처음 관동지 보고 눈이 번쩍 뜨였네.

---

2) 제(齊) 나라 동쪽 변두리 사람의 말이란 뜻으로, 믿을 수 없는 황당한 말을 가리킨다.

3) 작자를 알 수 없는 지리서. 특히 인류를 비롯하여 산천·초목·조수 등에 관한 기괴한 이야기들이 실려 있다.

나를 동쪽 바다 사이에 앉혀 주기에,
누대에 올라 붉은 잉어를 세노라니,
몸은 바빠도 한가한 경치를 깨닫고,
땅 좁혀져 집 가까움 의아하였네.
황홀함 속에 남산옹을 만나니,
오묘한 뜻 다 기억하기 어려워라.
그러나 참과 거짓을 분별하지 않고,
그것으로 마음의 자리 넓히며,
하나하나 세밀히 미루어 찾아보니,
어느 언덕 어느 냇물인지 기억나더군.
시 짓고 나자 도리어 허탈하구나.
세상일은 진정 허깨비 장난이로세.
고작 황당무계한 말을 가지고,
말 없는 이에게 물어 바로잡기를 청하리라.

再疊前韻 錄呈海月 兼簡月沙 邀同賦

嘗聞陳季卿 旅遊不得志 投寺觀壁畫 家山移尺紙
戲將綠竹葉 作舟初一棄 俄然到家山 倏適平生意
斯言誠惝恍 始自傳誰氏 語涉齊東野 事類山海誌
人間孰非幻 最幻乃文字 楚越雖天涯 未可分爲二
均爲普天下 豈有眞彼此 夫君困覊宦 引領思鄉里
況今更萬里 鄉信何由致 觸景難寓目 聞聲不入耳

幸於旅窓間 眼明初見是 坐我東溟間 臨臺數赤鯉
身忙覺境閑 地縮訝室邇 怳逢南山翁 妙意難悉記
且勿辨眞贗 持以寬心地 一一細推究 某丘而某水
詩成還悵然 世事眞幻戲 聊將不經語 請質無言子

12월 19일

장난삼아

굴레를 화려하게 꾸민 말의 풍류 나귀에게 낯설어,
공명 이룬 고귀한 골격 행세 태어나서 처음이로다.
그대에게 당부하노니 강촌의 꿈일랑 꾸지 마소.
크고 화려한 대갓집에 있는 것이 합당하리라.

戱次海月韻

珂馬風流不慣驢 功名眞骨有生初 憑君莫作江村夢 合置耽耽大屋廬

12월 20일

납향[1)]하는 날 1

노니는 사람은 푸른 실 재갈을 잡고,
미인은 비취색 보요[2)]를 장식했는데,
우연히 성 북쪽의 장터에서 만나,
함께 물 남쪽의 다리를 지나노라.
칠보로 꾸민 새 단장은 곱기만 하고,
석 잔 술 상쾌한 기분은 뿌듯하기만 하네.
좋은 시절에 날씨 또한 화창하니,
오늘 같은 날엔 즐겁게 놀아야지.

次海月臘日過海州衛記見韻

遊客青絲鞚 佳人翠步搖 偶逢城北市 同過水南橋
七寶新粧麗 三杯爽氣饒 良辰好風日 行樂趁今朝

---

1) 납일(臘日 : 동지 뒤의 셋째 미일(未日))에 그 한 해 동안 지은 농사의 형편과 그 밖의 일을 여러 신에게 고하는 제사.

2) 부인의 머리에 올리는 장식품으로, 걸어 다닐 때 매달린 구슬이 흔들리므로 붙인 이름이다.

납향하는 날 2

따사로움이 평상시보다 한 갑절 더했는데,
거센 바람 급한 눈이 밤사이 지나가더니,
나무 끝에 저물녘까지 눈 조각 남아 있어,
짐짓 찬 매화 대신 봄꽃이 되었네.
객지에서 뉘와 함께 신년 축배를 들까나,
쓸쓸히 안석에 기대 날 저물기만 재촉하네.
엄한 추위 밀쳐 내니 눈을 따라 스러지고,
화창한 기운 돌아서 시 속으로 들어오네.

次月沙臘日風亂愓寒不得出獨往口占韻

暖比常年一倍多 顚風急雪夜來過 樹頭晩日留餘片 故替寒梅作歲華
客中誰與頌椒杯 隱几蕭然暮景催 排遣嚴寒隨雪盡 斡廻和氣入詩來

주필산[1]에서

산세는 꿈틀대는 용을 상상케 하는데,

바위틈엔 아직도 깃발 세운 흔적이 남아있네.

가련타, 그리도 거대한 당나라 천하가

고작 개밋둑만한 고구려를 대적하다니.

次海月駐蹕山有感韻

山勢蜿蜿想躍龍 石縫猶帶豎旗蹤 可憐許大唐天下 只敵區區一蟻封

1) 당 태종(唐太宗)이 동쪽을 정벌할 때에 이곳에 주필(駐蹕)하였으므로, 이렇게 이름 붙였다.

12월 21일

우가장 가는 길에 1

뭇 용이 작심하고 다투어 교만을 부리니,
온 들녘에 검은 구름이 땅을 덮어 어리었네.
온갖 나무들은 바람의 기세를 조장하고,
모든 산들은 눈의 위엄에 두려워 떠는구나.
앞뒤서 연달아 몰아치니 천지는 혼돈 상태요,
코와 입 일제히 불어 대니 온갖 구멍 들끓누나.
구슬같은 눈발 흩어져 자주 노을 조각이 되었다가,
일시에 바람에 날려 긴 얼음 위로 달아나네.

牛家途中 風雪甚惡

群龍作意鬪驕矜 四野頑雲羃地凝 萬木助成風氣勢 千山震疊雪威稜
于喁迭盪鴻濛合 鼻口齊號竅穴騰 珠玉散爲霞片數 一時吹過走長氷

우가장 가는 길에 2

흐린 날이 사람 어지럽히고 들판은 적적한데,
한 채찍의 노새 그림자 쓸쓸하기만 하네.
외로운 솔은 눈을 이느라 참으로 가지가 굳센데,
뭇 나무들은 바람을 맞아 허리를 굽혔구나.
봄이 북관을 향해 오니 가는 버들은 하늘대고,
꿈은 남쪽 기러기 따라도 고향은 멀기만 하네.
앞 시냇가엔 메마른 매화나무가 서 있는데,
마을길은 완연히 파수교[1]를 생각하게 하네.

牛家途中 風雪甚惡

雲日迷人野寂寥 一鞭騾影冷蕭蕭 孤松戴雪眞强項 衆木迎風爲折腰
春向北關衰柳動 夢隨南雁故園遙 前溪定有梅花瘦 村路依然灞水橋

---

1) 장안(長安) 동쪽의 파수에 놓인 다리. 당나라 때 정계(鄭綮)가 시를 잘 지었는데, 누가 그에게 "요즘에 새로운 시를 지으셨습니까?" 하고 묻자, 대답하기를, "시상이 눈보라치는 파수교의 나귀 등 위에 있는데, 어떻게 시를 지을 수 있겠는가?"라고 했던 고사에서 온 말이다.

눈보라 속의 수레꾼

층계 진 얼음 언덕 꼭대기 비탈 가득 쌓인 눈,
해 저물녘 끄는 수레가 배를 당기는 듯하네.
밤에야 산 속 주막에 들어 밥도 미처 못 지어 먹고,
짐 풀자마자 첫닭 울어 서둘러 소 멍에 또 채우네.

雪中哀車夫

層氷滿坂雪蒙頭 日暮牽車如挽舟 夜投山店未炊飯 纔到鷄鳴催駕牛

12월 22일

천비묘를 지나며

큰 비석의 글씨는 구양수가 쓴 것인데,
이수와 귀부가 강마을을 환히 비추누나.
서왕모는 밤에 단봉을 타고 돌아오고,
옥황상제께는 아침에 신선의 술을 올리누나.
흐르는 강물은 바람을 잠재워 물결이 고요하고,
장사꾼은 신령께 비는데 채승[1]이 기다랗네.
유독 눈썹이 눈처럼 흰 노승이 있어,
문 열고 미치광이 나그네를 괴이하게 보누나.

次海月過天妃廟韻

豊碑文字出歐陽 螭首龜趺照水鄕 金母夜廻丹鳳駕 玉皇朝薦紫霞觴
河流受鎭風濤靜 商旅祈靈彩勝長 獨有老禪眉雪白 開門驚怪客淸狂

---

1) 입춘일(立春日)에 봄이 온 것을 경축하는 의미로 머리에 꽂는 채색 조화를 말한다.

꿈

평생토록 나그네로 벼슬살이한 심약[1]은
바닷가 죽순 고사리 나는 고장에 집이 있었는데,
울타리 밑엔 밭이 있어 모두 차조만 심고,
문 앞엔 물이 없어 술잔을 띄우지 못했네.
세상사는 그럭저럭 사람 늙기를 재촉하건만,
꿈은 분명히 흥취를 끄는 게 많기도 하구나.
가장 멋진 일은 대숲 깊고 모래 고요한 데서,
한 병 술로 이따금 소년의 광기 부림이라오.

次海月記夢韻

平生羈宦沈東陽 家在滄溟筍蕨鄉 籬下有田皆種秫 門前無水不流觴
風塵荏苒催人老 魂夢分明引興長 最是竹深沙靜處 一壺時放少年狂

1) 심약(沈約)은 중국 양(梁) 나라 때 뛰어난 문장가로 일찍이 동양 태수(東陽太守)를 지냈다. 그는 높은 관직을 지내면서도 매우 검소하여 처사와 같은 풍류가 있었다고 한다.

12월 23일

고평야에서

북두는 참으로 끝 간 데를 이루었고,

남쪽 바다는 정히 마지막 가로세.

한스러운 것은 길고긴 소맷자락이 없이,

먼 하늘로 비끼는 해에 홀로 춤추는 일일세.

次海月高平野韻 六言

北斗眞成盡處 南溟定是窮邊 恨無萬尺長袖 獨舞斜陽遠天

추로주와 동정귤[1)]

역관이 중국의 좋은 먹거리를 잘도 알아,

잔 가득 따른 맑은 술에 향기로운 감귤이라네.

포증[2)]도 끝내 한 번 웃는 걸 금치 못했으리라,

서생의 입은 본디 고치지 못할 버릇 있다오.

口占一絶示月沙

通官解道中華勝 秋露盈觴小橘香 包老不禁開一笑 書生口業本膏肓

1) 작자 일행이 길을 가다가 자못 피로와 목마름을 느꼈으나 물을 전혀 마실 수가 없었다. 그러자 황여일이, "겨울 추위가 아직 이런데도 물을 마실 수 없으니, 만일 날이 더 더워지면 틀림없이 목이 더 마를 텐데, 어떻게 해갈을 한단 말인가." 하였다. 이때 일행들은 중국 먹거리의 아름다움을 한창 논하고 있었다. 역관 한 사람이 뒤에서 황여일의 말을 받아 말하기를, "염려하지 마십시오. 손으로 동정산(洞庭山)의 황귤(黃橘)을 쪼개어 향기를 사람에게 뿜어 대고, 짙푸른 큰 그림 술잔에다 추로(秋露)와 같은 맑은 술을 가득 따르면 어떻겠습니까?" 하니, 황여일이 그만두라고 손을 내저으면서, "첨지는 여러 말 하지 말라. 나를 실소케 하는구나."하였다.

2) 송(宋) 나라 때 아주 강직했던 법관(法官)인 포증(包拯)을 가리키는데, 그는 부정한 자들을 검거하여 처벌하는 데에 대단히 엄격했으므로 당시에 염라 포로(閻羅包老)라 불렀었고, 당시 사람들은 그의 웃음을 보는 것이 희귀함을 황하(黃河)가 맑아지는 데에 비유하기도 하였다.

12월 24일

학야[1] 도중에

새는 하늘 높이 날고 나무는 허공에 뜬 듯해라.
시상에 장애를 줄 언덕 하나도 없구나.
대지가 다한 곳엔 응당 하늘이 광활하나니,
은하수가 바다로 쏟아져 흐르는 걸 반드시 보게 되리.

큰 들판 다해갈 제 마을 앞 봉우리 외로운데,
조물주가 힘들여 새로운 그림 그린 듯하네.
이곳에 삼차하의 물이 쏟아져 내린다면,
중화에 바다 같은 호수가 새로 만들어지겠네.

次月沙鶴野途中韻

鳥度冥冥樹欲浮 絶無堆阜礙詩眸 坤維盡處天應豁 須覩銀河倒海流

大野將窮閭岫孤 天公費力作新圖 若爲注得三叉水 化出中華萬里湖

1) 중국 요녕성(遼寧省) 요양시(遼陽市) 당마채진(唐馬寨鎭)의 옛 이름이다.

꿈에 입궐하여

열 두 경루[1]를 거쳐 대궐에 인사드리니,
상자엔 하나하나가 다 온후한 윤음[2]이로다.
당연히 나는 반산[3]에 있는 줄로 알았는데,
어슴푸레 다시 대궐 사람인가 의심이 드네.

예복을 정돈하고 조정 반열에 입참하여,
조서의 초안 쓰는 재주 높다고 부끄러워하지도 않네.
외로운 나그네 꿈속에서도 나라님 생각 간절하니,
날 밝으면 나비 따라 천산 넘어 달려가리.

次月沙夢入銀臺韻

十二瓊樓禮玉宸 芝函一一盡溫綸 遽然定識盤山我 恍惚猶疑紫殿人

重修簪履點朝班 草制才高不强顔 孤夢亦憐心戀主 曉隨蝴蝶度千山

---

1) 선경에 있다는 구슬로 장식한 열 두 개의 누대(樓臺). 여기서는 대궐(大闕)을 가리킨다.

2) 임금이 신하나 백성에게 내리는 말을 윤음(綸音)이라고 한다.

3) 중국 요녕성 반금(盤錦)에 있는 고을이다.

12월 25일

광녕[1]에서

땅이 천산에 가까워서 오랑캐 득실거리니,
호가와 뿔피리 소리 날마다 들리누나.
격구장의 교만한 말은 재갈을 물어 던지고,
젊은이들의 힘찬 매는 멀리 구름 속으로 사라지네.
흉악한 오랑캐 곧장 와서 만리장성[2] 엿볼 제,
대장군은 당당히 뛰어난 공훈 세우기 위해,
웃으면서 포도주 석 잔을 가져다 마시고는,
북과 징을 치며 밤중에 군대를 출동하였네.

휘황찬란한 성시는 넓고 매우 삼엄한데,
길 양쪽 집집마다 술집 깃발 높이 서 있네.
마소의 화려한 장식들은 향기가 은은하고,
층층의 누각엔 안개가 가늘게 피어오르네.
젊은이들은 새 옷을 화려한 비단으로 지어 입었고,
노는계집들은 곱게 단장하고 처마 밑에 기대 있더니,

1) 중국 요녕성 북진시(北鎭市)의 옛 이름이다.
2) 만리장성의 흙빛이 붉어서 자새(紫塞)라고 한다.

청총마 타고 나올 때 그림자를 곁눈질하다가,
난간에서 배웅하고 주렴 틈으로 엿보누나.

次海月宿廣寧記事韻

地近天山豺虎紛 胡笳戍角日相聞 毬場驕馬輕抛鞚 俠少豪鷹遠沒雲
桀虜直來窺紫塞 元戎政欲樹奇勳 三杯笑取葡萄飮 鐃鼓聲中夜出軍

煌煌城府敞深嚴 挾道千家卓酒帘 繡鞅銀鞦香細細 重樓複閣霧纖纖
少年新服裁雲錦 遊女明粧倚畫簷 騎出玉驄斜睨影 廻欄相送半窺簾

12월 30일

선달 그믐날 밤

학야에는 봄이 처음 찾아드는데도,
나그네는 아직도 용만에 돌아가질 못하누나.
우리 성상 사모하다 잠 못 이루니,
고향에 돌아가는 꿈조차 없네그려.
묵은해는 삼경을 지나서 새해로 바뀌고,
시는 한 글자 바로잡으니 좋아졌네.
등잔 불꽃으로 굳이 일을 풀어보기도 하며,
새해 맞는 기쁨으로 달래고자 하는 듯.

次海月除夕書懷韻

鶴野春初動 龍灣客未還 不眠思聖主 無夢到家山
序屬三更變 詩排一字安 燈花强解事 似欲慰淸歡

서악묘[1]에서 1

큰 바다는 남두성을 적시고,

학야는 북쪽 하늘을 에워쌌네.

여산[2]이 한가운데서 먼 형세를 가로 끊으니,

서쪽에서 온 끊어진 언덕 정히 아늑하구나.

음귀라고 채찍질하여 사원에서 쫓아내고,

하늘이 아끼는 것을 깨뜨려 지신을 통곡케 했네.

금륜[3]과 야차[4]가 겹겹의 문을 굳게 수호하니,

동해의 파사[5]는 온갖 보배들을 바쳐 왔도다.

날아오를 듯한 처마는 새가 날개를 치며 날려는 듯,

넓은 마당엔 떠 오는 섬이 가벼이 움직이는 듯,

엄연한 참모습이 뜻밖의 변란을 진압하기에,

철마다 사당지기가 정성껏 청소하고 보살피네.

금당에 앉아서 온갖 신령의 조회를 받으니,

---

1) 중국 요녕성 북진현(北鎭縣) 서쪽에 있는 의무려산(醫巫閭山) 기슭에 있는 사당이다.

2) 중국 요녕성 북진현 서쪽에 있는 의무려산을 가리킨다.

3) 불교에서 뛰어난 무력을 지니어 동서남북 사대주(四大洲)를 통치한다는 금륜왕(金輪王)을 가리킨다.

4) 불교에서 불법(佛法)을 수호하는 매우 용맹한 악귀(惡鬼)를 가리킨다.

5) 고대에 진귀한 보물을 많이 생산하기로 유명했던 파사국(波斯國)을 가리킨다.

홍수 가뭄 때마다 경건히 기도를 올리누나.
돌에 새긴 황제의 조서는 신구가 섞이었는데,
늙은 거북 서린 용(龍)[6]은 어지러이 기울어 넘어졌네.
바쁘게 수레 타고 사신 가는 삼한의 나그네가
산 넘고 물 건너 멀리 황룡도 길에 들어섰네.
섬돌에 올라 허리 굽히고 말씀을 올리건대,
내 말은 원래 오래 살기를 빈 게 아니니,
신령이여 뜻이 있거든 내 말을 들어 보시고,
나의 향기롭고 정결한 제수를 흠향하소서.
오늘날 검은 구름이 밝은 햇빛을 가리고 있으니,
조선[7]의 임금과 신하들 참으로 걱정도 많다오.
왕명이 아침에 내리자 저녁에 얼음 마시고[8],
한 번 도성 문을 나오니 돌아갈 뜻 아득하구나.
내 장차 이마로 천문을 두드리고 들어가리.

---

6) 늙은 거북은 비신(碑身)을 받치는 석각(石刻)한 거북 모양의 귀부(龜趺)를 가리키고, 서린 용이란 비신 꼭대기에 서린 모양의 용을 새긴 이수(螭首)를 가리킨다.

7) 원문의 접역(鰈域)은 가자미 형국과 같다는 뜻으로, 우리나라를 일컫는 말이다.

8) 왕명을 받들고 책임감에 의해 몹시 두렵고 걱정이 되어 속이 타는 것을 이른다. 《장자(莊子)》 인간세(人間世)에, "나는 아침에 명을 받고 저녁에 얼음을 마셨으니, 내 속에 열이 생겼는가 보다."라고 한 데서 온 말이다.

일찍 창자 갈라 원통함 호소 못한 게 한이로세.
하늘은 높아도 가장 깊은 땅의 소리를 듣고,
성제의 총명함은 천지의 조화와도 같다오.
듣건대 정성은 감동 못 시킬 게 없다 하니,
신령께선 나의 회포를 불쌍히 여겨 주소서.
기도 마치고 북쪽 향해 속으로 울부짖으며,
여양보[9]를 향하여 늙은 눈물을 뿌리었네.
여양의 꿈에 검은 치마 입은 사람을 만나니,
손에 구절장[10] 들고 천상으로부터 왔는데,
신령스런 옷 펄럭이니 구름처럼 성대하고,
문에 들어 길이 읍하니 수염 눈썹 하얗구려.
나에게 말하길, "상제께서 네 말에 감동했으니,
네가 하려는 모든 일이 길하여서,
시시비비가 분명하게 밝혀질 뿐만 아니라,
또 어진 임금 위해 장수도 내리리라." 하였네.
나는 두 번 절하고 그 선인께 사례하려다,
꿈을 깨보니 찬바람만 풀밭에 부누나.

---

9) 중국 요녕성 북진시에 있던 보루(堡壘).
10) 마디가 아홉인 대나무로 만든 지팡이. 주로 신선이나 승려들이 사용함.

次月沙遊西嶽廟詩韻

滄溟浸南斗 鶴野圍北昊

閭山中盤遠勢橫 斷阜西來爲正隩 鞭笞陰鬼出琳宮 鑿破天慳哭神媼
金輪夜叉守重關 東海波斯輸百寶 翬簷翻拍欲飛翼 廣庭軒動浮來島
儼然眞象鎭非常 四時祠官勤洒掃 金堂坐受百靈朝 水旱時時薦虔禱
貞珉御勅間新舊 老龜蟠蛟亂傾倒 翩翩羽蓋三韓客 梯航路出黃龍道
登階傴僂前致辭 我辭元非祈壽考 神其有意聽我辭 享我馨香南磵藻
重雲今日掩朗照 鰈域君臣政愁惱 王言朝下夕飲氷 一出都門歸意浩
行將以額叩天關 洩寃恨不刳腸早 天高或聽九地幽 聖帝聰明同大造
嘗聞物無不動誠 神庶哀憐我懷抱 祝罷呑聲向北號 老淚洒向閭陽堡
閭陽夢見玄裳人 手攜九節來淸灝 靈衣披拂菀若雲 入門長揖鬢眉皓
爲言上帝感汝言 汝行百事皆吉好 不唯辨析得昭明 且爲賢王錫難老
我欲再拜謝玄裳 夢覺酸風鳴白草

1599년 기해년 (선조 32년)

정월 2일

관왕묘에서

평생에 스스로 남보다 뛰어남을 자부했는데,

적토마와 청룡도[1]가 세상일과 어그러졌네.

비장한 절개는 천지처럼 변치 않았고,

깊은 계책은 귀신이 알기를 허여치 않았네.

삼분은 바로 위주[2]를 받들려는 뜻이었는데,

구석 받은 조씨는 무슨 까닭으로 어린아이를 가두었던가[3].

그 매운 의리로 지금까지 향사를 오로지 받으며,

---

1) 중국 삼국시대 촉한(蜀漢)의 관우(關羽)가 사용했던 말과 칼이다.

2) 삼분은 후한(後漢) 말기에 할거(割據)한 촉(蜀), 위(魏), 오(吳)의 세 나라를 가리키고, 위주는 곧 후한의 맨 끝 황제(皇帝)로 나이 9세에 즉위했던 헌제(獻帝)를 가리킨다.

3) 구석은 특히 공로가 큰 사람에게 천자(天子)가 내리는 아홉 가지 물품인데, 여기서는 후한 말기에 황제로부터 구석을 하사받은 조조(曹操)를 가리키고, 유아(幼兒)는 후한 헌제를 가리킨다. 조조의 아들 조비(曹丕)가 끝내 헌제로부터 제위를 찬탈하고 헌제를 산양공(山陽公)으로 강등시켜 탁록성(濁鹿城)에 봉해 주어 그곳에서 죽게 한 데서 온 말이다.

남은 위엄이 아직도 화이를 진동시키누나.

次海月關王廟韻

平生自負出人奇 赤兎青龍世事違 壯節有如天地在 深謀不許鬼神知
三分政欲扶危主 九錫何緣獄幼兒 義烈祗今專享祀 餘威猶得震華夷

서악묘에서 2

저물녘에 기대어 영궁을 바라보니,
반산이 손바닥처럼 평평하구나.
문 앞에는 발해 바다가 펼쳐 있고,
처마로 노인성이 보이누나.
순간 빨아들이는 신의 공력 장하기도 해라.
올라 보니 저녁 안개가 말끔히 갰네.
의무려산이 눈에 삼삼하고,
늘어선 봉우리는 우뚝도 하구나.

次海月西嶽廟韻

晩倚靈宮望 盤山掌樣平 門開渤海水 簷納老人星
倏吸神功壯 登臨暮靄晴 醫閭森在眼 列岫近亭亭

홍라산[1]에서

비린 먼지 한 번 중국 산하를 물들이더니,
끝내 궁려[2]가 취화[3]로 바뀌었네.
지혜와 용기에 한계가 있어도 힘으로 누르긴 어렵고,
흥폐에는 운수가 있으니 천명을 어찌하랴.
후일 태평을 구가하며 어진 정사 사모하려니와,
당시의 빼어난 인재들은 예의 그물[4]로 들어갔으리라.
골짜기에서 살아나 어찌 권토중래를 할까보냐,
마땅히 천추에 늙어 굶주리는 마귀가 되리라.

次海月紅螺山韻

腥塵一染漢山河 終變穹廬作翠華 智勇有窮難力服 廢興由數柰天何
謳歌異日思仁政 英俊當時入禮羅 壑谷圖生寧捲土 千秋應化老飢魔

---

1) 중국 요녕성 호로도시(葫蘆島市) 북쪽에 있는 산. 원나라의 마지막 황제인 순제(順帝)가 북쪽으로 달아나다가 여기에서 죽었다고 한다.

2) 몽골인들의 천막집인 게르(Ger)를 가리킨다.

3) 물총새의 깃털로 장식한 천자(天子)의 깃발.

4) 그물로 새나 물고기를 잡듯이 예로써 인재(人才)를 맞아들여 등용하는 것을 가리킨다.

정월 8일

〈정녀사에서〉 서문을 아우름

세상에 전하는 말에 의하면, 진(秦)나라가 만리장성을 쌓을 적에 범랑(范郞)이라는 일꾼이 그 일을 하다가 죽었다. 그런데 그의 아내 허씨(許氏)가 남편과 헤어진 지 오래되어 남편이 죽은 것을 알지 못하고 몸소 이곳에 와서 찾아보니, 남편이 이미 죽어 바다 섬에 묻힌 뒤였다. 허씨는 망부대(望夫臺)에서 남편을 위해 울다가 마침내 그 자리에서 죽고 돌아가지 않았다. 그리하여 뒤에 산해관 주사(山海關主事) 장동(張棟)이 이곳에 정녀사(貞女祠)를 세우고 장시현(張時顯)이 비문을 지어 비를 세웠다. 내가 사당에 들어가자, 사당을 관리하는 승려가 나에게 차를 대접하면서 그 사실을 자세히 말해 주었다.

듣자니 옛날 진시황이 웅걸함을 펼치어,
산을 에둘러 하늘 높이 장성을 쌓았는데,
구름에 연한 사당[1]이 천하의 절반이었으니,

---

1) 원문의 치미(雉尾)는 치미(鴟尾)로, 동양의 큰 건축에서 들보의 양단에 있는 새의 꼬리 내지는 물고기 형상을 한 장식을 말한다. 여기서는 정녀사를 진시황이 세운 건물에 빗대 표현한 것이다.

중화를 깊고 아늑하게 만들려던 것이었네.
이때에 범씨 집의 한 늙은 백성이 있어,
성 쌓느라 조강지처와 헤어진 지 오래였는데,
그 아내는 착하고 아름답기로 소문나서,
옥같이 하얀 몸 독수공방하며 소중히 간직했네.
남편의 정 산처럼 두텁고 아내 마음 얼음같이 맑아,
아내가 외로운 밤 지킬 때 남편은 바다 섬에 있었네.
아침저녁 가을바람에 요수는 차기도 한데,
고운 눈썹에 어린 수심을 누가 씻어 줄까나.
남부끄러워 감히 분명하게 말도 못하고,
밤이면 등불 향해 마음속으로 축원하나니,
닳은 섬돌에 뿌리 잘린 풀 쓸쓸하기도 해라.
쑥대와 삼과 새삼이 서로 뒤바뀌었구나[2].
겹겹의 주렴 안에서 길쌈만 맡아 해서,
평생 집 앞길도 알지 못하던 그녀가
변방 성을 바라보다가 생각이 너무도 급해져서,

---

2) 두보(杜甫)의 〈신혼별(新婚別)〉 시에, "새삼 덩굴이 쑥대 삼을 타고 오르니, 이 때문에 덩굴이 길게 뻗지 못하네. 딸을 원정군에게 시집보내려거든, 차라리 길가에 버리는 게 나으리라[兎絲附蓬麻 引蔓故不長 嫁女與征夫 不如棄路傍]." 한 데서 온 말로, 새삼 덩굴은 본디 소나무나 잣나무를 타고 올라가야 하는데, 하찮은 쑥대와 삼을 타고 올라가기 때문에 자랄 수가 없다는 뜻에서 부부의 이별을 뜻한다.

문을 나와 말채찍 잡고 시부모를 하직하였네.
산길에 발 부르트고 바람에 옷 찢기며,
길에 가득한 모래 먼지에 고운 차림 다 버렸네.
변방 수자리에 가서 남편을 만나거든,
서로 손 잡고 평생의 고뇌 위로하려 했더니,
아무리 울부짖어도 그 님은 보이지를 않고,
아득한 바다만이 끝 간 데 없이 흐르는구나.
당시에 사별한 것이 원망스럽다기보다는,
다만 먼 변방에 일찍 못 온 게 한스럽구나.
오랜 세월 높은 언덕엔 옥이 흙 속에 묻혔는데,
죽은 뒤에 지은 사당은 신이 만든 것 같구나.
홀연 사당 지은 산해관 주사는 참으로 신선의 재주로다,
몇 아름드리 되는 예장[3]과 소태나무 가래나무로,
바위 깔끔이 깎아 사당을 만들었으니,
이곳이 바로 산해관 머리의 팔리보라오.
또한 장시현 공의 문장은 천하에 뛰어난데다,
글씨는 기러기들이 하늘을 희롱하는 듯하네.
사당 찾은 먼 나그네 의복은 옛스러운데,
문에 든 늙은 스님 수염 눈썹이 허옇구려.
예 와서 처음엔 고결한 굳은 절개 사모했고,

3) 녹나무.

차 대접한 스님의 후의에 거듭 감사하노라.
영령이 구천에서 혹 아는 것이 있다면,
동쪽 삼한에서 온 이 각로를 알아주겠지.
시 지어 멀리 저승의 넋을 위로하노니,
장림[4]의 글에 비하면 너무도 거칠구나.

望夫臺 貞女祠 次月沙西嶽廟韻

聞昔秦皇騁雄俊 環山築城干窮昊 連雲雉尾半天下 欲把中華作深隩
是時范家老黔首 板鍤久別糟糠媼 糟糠娘子稱淑美 雪玉空閨徒自寶
郎情山重妾氷淸 妾守孤燈郎海島 秋風日夕遼水寒 愁斂蛾眉誰爲掃
羞人不敢說分明 夜向燈花心暗禱 曲砌蕭蕭斷根草 蓬麻兎絲相顚倒
重簾複幕任組紃 一生不識堂前道 邊城望望意奮飛 出門斂策辭姑考
山磎繭足風裂衣 滿路沙塵迷彩藻 行投荒戍問伯也 握手庶慰平生惱
長號不見眼中人 只有滄溟流浩浩 不怨當時死別離 唯恨天涯來未早
崇岡千古玉委塵 身後遺祠類神造 飄然關令眞仙才 豫章杞梓皆連抱
斲開雲根化靈宇 山海關頭八里堡 張公文章天下奇 字如群鴻戲太灝
尋祠遠客衣裳古 入門老禪鬢眉皓 來遊始慕苦節高 厚意重感僧茶好
英靈泉下或有知 倘識東韓李閣老 詩成遠慰九原魂 辭比張林莫老草

4) 중국 당나라 때에 한림학사를 지낸 장열(張說)을 가리킨다. 그의 문장은 당시에 으뜸이었는데, 그 중에도 비문(碑文)에 특히 뛰어났다고 한다.

정월 9일

망해정에서

난 동방의 호협하고 쾌활한 필운 늙은이[1]요,

넌 서방에 홀로 우뚝 서 있는 망해정이로다.

푸르고 아득한 원기 위에 나 혼자 서서,

남쪽 큰 바다에 잠긴 북두성을 멀리 바라보노라.

望海亭

東藩豪爽弼雲老 西路孤高望海亭 獨立蒼茫元氣上 遙瞻斗極浸南溟

---

1) 호가 필운인 이항복(李恒福) 자신을 가리킨다.

정월 10일

적괴 생포 소식을 듣고 1

삼군이 자주 기쁜 소식 급히 보내오니,
남쪽 지방 사대부가 개린[1] 되길 면하였네.
나는 이미 황궁에 올릴 글 받들고 유새[2]를 나왔는데,
누가 시의 〈강한〉편을 가지고 풍신[3]에 송축하려나[4].
성벽과 성루에 세운 깃발들은 정기가 일변하였고,
예악과 문장 제도는 기상이 새롭기도 해라.
만 리 먼 땅에서 황도의 해[5]를 뵙지 못한 채,
나그네 길의 시름 속에 좋은 때를 만났구나.

---

1) 조개 등 갑각류와 어류를 아울러 이르는 말로, 먼 지방의 오랑캐를 비유하는 말이다.

2) 유관(楡關). 산해관(山海關)의 별칭이다.

3) 임금의 궁전. 중국 한나라의 궁전에 단풍나무가 많았던 데서 유래한다.

4) 강한은《시경(詩經)》대아(大雅)의 편명으로, 이 시는 주 선왕(周宣王) 때 회수(淮水) 가의 오랑캐가 자주 침입하자, 선왕이 소목공(召穆公)에게 명하여 회남(淮南)의 오랑캐를 평정하니, 시인이 그 공을 찬미하여 부른 노래이다.

5) '태양의 주위를 도는 지구의 궤도'를 황도라고 하므로 황도의 중심인 태양을 '황도일'이라고 한다. 곧 군왕(君王)을 상징하는 말이다. * 음양가(陰陽家)에서 말하는 길일(吉日)로, 보통 동지(冬至)를 가리킬 때 쓰는 말이다.

次月沙立春日聞擒政成賊魁 喜而口占韻

三軍送喜羽書頻 南服冠裳免介鱗 已奉牋疏出楡塞 誰將江漢頌楓宸
旌旗壁壘精神變 禮樂文章氣象新 萬里阻瞻黃道日 旅征愁思入佳辰

적괴 생포 소식을 듣고 2

분서갱유[1]하던 때에 스스로 잘난 체했으나,
만리장성[2] 높아질수록 만백성이 슬펐다오.
필경 대궐 안에 후일의 화가 숨어 있었는데,
부질없이 사막의 흉노만 깊이 의심하였네.
백성 괴롭힌 진나라는 2세 황제 때 망했거니와,
우리 조선[3]은 천년토록 태평을 유지했도다.
사왕[4]께 아뢰옵건대 검소한 덕을 닦으소서.
예로부터 천자는 주변 나라를 수비로 삼는다오.

次海月長城韻

焚坑當日自雄奇 萬里城高萬姓悲 畢竟蕭牆潛後禍 謾將沙漠起深疑
勞煩二世顚嬴祚 屛翰千年屬聖時 爲報嗣王修儉德 由來守在四邊夷

---

1) 중국 진(秦)나라의 시황제가 학자들의 정치적 비판을 막기 위하여 민간의 책 가운데 의약(醫藥), 복서(卜筮), 농업에 관한 것만을 제외하고 모든 서적을 불태우고 수많은 유생을 구덩이에 묻어 죽인 일을 가리킨다.

2) 진시황이 이민족인 흉노의 침입을 방비하기 위해 쌓기 시작했다고 한다.

3) 원문의 '병한(屛翰)'은 천자(天子)를 호위하는 울타리라는 뜻으로, 제후(諸侯)의 나라, 곧 조선을 일컫는다.

4) 선왕(先王)의 대를 물려받은 임금이라는 뜻으로, 당시 명나라 황제인 신종(神宗)을 가리킨다.

영춘희[1]를 보고

청제[2]가 봄 들녘의 소식을 재촉하니,

번승[3]이 거리를 메워 오색구름이 쌓인 듯.

귀신 가면을 쓴 일천 군중은 광대놀이요,

신선같이 단장한 열 무리는 기녀들이 펼치었네.

황금 집의 연기는 상서로운 기운에 섞이어 따스하고,

주렴에 날리는 바람은 특이한 향기를 보내오누나.

섬돌의 눈[4]은 마침 새봄의 완상을 기다리련만,

남은 추위가 옥매화를 억누를까 걱정이로다.

次海月迎春戱韻

消息東郊木帝催 攔街幡勝繡雲堆 千群鬼面優人戲 十隊神粧妓陣開

金屋煙和瑞氣暖 珠簾風送異香來 瑤階會待新春賞 尙恐餘寒勒玉梅

1) 음력 정월에 벌이던 봄맞이 놀이를 말한다.

2) 봄을 관장하는 신을 청제(靑帝), 또는 목제(木帝)라고 한다.

3) 입춘일(立春日)에 머리에 꽂는 채색 조화(造花)를 가리킨다.

4) 원문의 요계(瑤階)는 옥으로 된 섬돌, 혹은 섬돌에 쌓인 눈을 비유하기도 한다.

정월 14일

〈청절사에 배알하고〉 서문을 아우름

백이(伯夷)의 도(道)는 협착하니[1], 성인(聖人)이 처신하는 데에 진중히 여길 것은 아니다. 그러나 나는 삼가 그가 나라를 사양하고 의리를 지켜 주(周)나라에서 난 곡식을 먹지 않은 것을 고상하게 여겼으므로, 매양 《사기(史記)》를 읽을 때마다 책을 덮고 탄식하지 않은 적이 없었다. 지금 북평(北平)을 지나다가 백이의 사당을 배알하고 감개하여 붓 가는 대로 뜻을 기록하려 하니, 의심스럽던 것이 풀려 마치 생각하지 않아도 절로 이루어지는 것 같다. 이 어찌 영령(英靈)이면 후세에도 서로 감통(感通)하여 격앙(激昂)되는 바가 있는 것이 아니랴.

희고 찬 얼음은 맑은 위수에서 나오고,
말끔히 밝은 달은 가을 하늘을 비추네.
그래도 백이숙제의 맑음엔 비할 수 없으니,
그 무엇이 가슴속의 진정한 깊은 뜻 같으랴.

---

1) 《맹자(孟子)》공손추(公孫丑)에 이르기를, "백이는 협착하고 유하혜(柳下惠)는 불공(不恭)하니, 협착함과 불공함은 군자가 따르지 않는 것이다."라고 한 데서 온 말이다.

은나라가 남긴 땅 한 조각 서산에서,
원한이 구천에 들어가 지신을 울렸으니,
아마도 응당 영령이 흩어지지 않고 엉겨서,
곤륜산 바위 가운데 보배로 변했으리.
그렇지 않으면 속세가 싫어 떨치고 일어나서,
구름을 타고 기운을 몰아 봉래산에서 노닐겠지.
오직 이때 하늘의 뜻이 한낱 필부[2]를 싫어했기에,
예조[3]께서 남기신 은택이 쓸어버린 듯 사라졌네.
서방의 미인[4]은 성덕이 있다 칭송하더니,
언제나 없어질꼬 하던 은나라 유민[5]들이 모두 그를 송축하

---

2) 은(殷) 나라의 마지막 임금인 주왕(紂王)이 무도하여 천명(天命)과 인심(人心)이 이미 떠났으므로, 주왕은 한 사람의 필부에 불과할 뿐이라는 데서 온 말이다. 《서경(書經)》에 주 무왕(周武王)이 말하기를, "옛 사람의 말에 '우리를 어루만져 주면 임금이지만, 우리를 학대하면 원수이다.'라고 했다. 한낱 필부인 주는 크게 위압을 일삼고 있으니, 그대들 대대로의 원수다."라고 하였다.

3) 태조(太祖)와 같은 뜻으로, 여기서는 은나라의 첫 임금인 탕왕(湯王)을 가리킨다.

4) 《시경(詩經)》 패풍(風) 〈간혜(簡兮)〉시에, "누구를 생각하는가, 서방의 미인이라네. 저 미인이야말로 먼 서방 사람이라오[云誰之思 西方美人 彼美人兮 西方之人兮]." 한 데서 온 말로, 주나라 무왕을 찬미한 말이다.

5) 《서경》에 무도한 하(夏) 나라의 마지막 임금 걸왕(桀王)이 일찍이 말하기를, "내가 천하를 가진 것은 마치 하늘이 태양을 가진 것과 같으니, 저 태양이 없어져야 내가 없어질 것이다." 했으므로, 당시에 그의 가혹한 정치를 원망하던 백성들이 "이 태양은 언제나 없어질꼬[時日曷喪], 내 너와 함께 없어져 버리자[予及女偕亡]." 한 데서 온 말로, 은나라의

누나.

바람과 구름이 고기 낚는 노인을 불러일으키니[6],

탁록의 뛰어난 전공[7]을 오히려 압도하였네.

팔백인의 규장[8]과 함께 맹진 나루 건넜으니[9],

천명과 인심이 돌아갈 길이 분명 있었네.

그래도 망명하여 죽지 않은 이가 있었기에[10],

사가가 남긴 기록에서 후인이 상고할 수 있다네.

채미가[11]를 이어서 화답할 사람이 없으니,

유민을 가리킨다.

6) 용과 호랑이가 바람과 구름을 만나 득세하듯이 밝은 임금과 어진 신하가 서로 만나는 것을 풍운이라고 이른다. 고기 낚는 노인이란 바로 주 문왕(周文王)이 사냥하러 나갔다가 위수(渭水) 가에서 만난 강태공(姜太公)을 가리킨다.

7) 탁록은 산 이름인데, 황제(黃帝)가 일찍이 불순한 제후(諸侯)였던 치우(蚩尤)와 이 산에서 싸워 그를 격파한 것을 말한다.

8) 장식으로 쓰는 귀한 옥(玉)이나 훌륭한 인품을 비유적으로 이르는 말이다. 여기서는 은나라 말기의 세력가들을 가리킨다.

9) 은나라 말기에 주 무왕이 주왕을 토벌하기 위해 맹진(孟津) 나루에 이르렀을 때, 은나라를 배반하고 무왕을 따라온 제후가 8백 명이나 되었던 데서 온 말이다.

10) 은나라의 종친(宗親)인 기자(箕子), 미자(微子)를 가리킨다. 기자는 주왕의 숙부로서 무도한 주왕을 자주 간하다가 잡히어 종이 되었고, 은나라가 망한 뒤에는 조선(朝鮮)으로 망명하여 기자조선을 세웠다고 한다. 그리고 미자는 주왕의 서형(庶兄)으로서 주왕을 자주 간하였으나 듣지 않자, 마침내 은나라를 떠나 송국(宋國)으로 가서 선왕(先王)의 제사를 받들고 은나라의 유민들을 다스렸다고 한다.

11) 주 무왕이 은나라를 멸망시키자, 백이와 숙제(叔齊)가 주나라 곡식을

황량한 산 오랜 세월 동안 문장이 텅 비어 버렸네.
산초 술 한 잔 받들고 사당 앞에 나아오니,
옛일 슬퍼하는 나그네 시름겹기도 하구나.
여기 쉬면서 선생의 유풍을 물으려 하니,
수양산은 푸르고 강물은 넓기만 하여라.
옛것을 좋아한 공자 맹자[12]는 이미 오랜 옛 분들,
나 또한 일찍 태어나지 못한 게 참 한스럽네.
따랐으면 아마 날 뿌리치진 않았을 텐데,
같은 시대에 살며 그 문하에 못 가본 게 한이로세.
높은 이름 속인을 일깨우고 성품은 대처럼 곧으니,
구천에라도 갈 수 있다면 회포를 함께해 볼 걸.
우뚝 드높은 사당이 높고 견고하기도 해라,
연릉[13]을 내려다보니 작은 보루나 같네 그려.

먹을 수 없다 하여 수양산(首陽山)에 들어가서 고사리를 캐 먹다가 죽음에 임박하여 노래를 지어 부르기를, "저 서산에 올라가서 고사리를 캐도다. 폭력으로 폭력과 바꾸면서 자기의 그릇됨을 모르도다. 신농씨와 순임금과 우임금이 이제는 없으니 나는 어디로 돌아갈거나[登彼西山兮 采其薇矣 以暴易暴兮 不知其非矣 神農虞夏 忽焉沒兮 我安適歸矣]." 한 것을 말한다.

12) 원문의 '구가(丘軻)'는 각기 공자와 맹자의 이름인 공구(孔丘)와 맹가(孟軻)를 말한다.

13) 춘추시대 오왕(吳王) 수몽(壽夢)의 네 아들 중 막내다. 연릉(延陵)에 봉해져 연릉계자(延陵季子)라고 부른다. 원래 수몽이 오왕의 자리를 계찰에게 물려주려 했으나 형이 있기 때문에 받을 수 없다고 했다. 이에 수몽

막바지 길에 분주한 저들[14]은 어떤 사람인가,
바라건대 서로 와서 맑은 기운을 대해 보게나.
역대에 고상한 풍류 보인 분은 몇도 되지 않아,
앞엔 소부 허유가 있었고 뒤엔 상산사호가 있었는데[15],
천 년의 그 취미를 그 누가 같이하려나.
중화와 동이로 사는 곳은 다르지만 서로 정답구려.
신교[16]의 한 마디 말로 저승에 뇌사[17] 올리어,
그 당시 천하의 원로[18]들께 고하고,

이 그 자리를 장자인 제번(諸樊)에게 물려주면서 이후로는 오나라의 군주 자리는 부자상속 대신에 형제상속을 행하여 계찰에게 왕위가 돌아가도록 유언을 하고 죽었다. 제번이 그 부왕의 뜻을 받들어 그 자리를 넘겨주려 했으나, 계찰은 받지 않고 시골로 내려가 농사를 지으며 살았다.

14) 명리(名利)를 얻고자 벼슬길에 급급(汲汲)한 사람들을 가리킨다.

15) 소유는 요(堯) 임금 때의 두 고사(高士)로서 요 임금이 천하(天下)를 사양하였으나 거절하고 일생을 산수(山水) 속에 은거했던 소보(巢父)와 허유(許由)를 가리킨다. 상산사호는 한 고조(漢高祖) 때 상산(商山)에 은거했던 네 노인으로 즉 동원공(東園公), 기리계(綺里季), 하황공(夏黃公), 녹리선생(甪里先生)을 가리킨다.

16) 직접 만나지는 않았지만 마음이 상통하고 서로 흠모하는 것을 말한다. 이항복은 백이와 직접 만나지는 못하였으나 뜻이 상통하여 흠모한다는 말이다.

17) 뇌사(誄詞)는 죽은 이의 생존 당시의 덕행을 적어 놓은 글로, 시호(諡號)를 삼는 근거가 되기도 하였다.

18) 《맹자》이루장구에 맹자는 백이와 강태공을 일러 천하의 대로[天下之大老]라고 하였다. 맹자는 백이(伯夷)가 일찍이 주(紂)를 피하여 북해(北海) 가에서 살다가 문왕(文王)이 나왔다는 말을 듣고 말하기를, "어찌 그에게로 돌아가지 않으리오. 내가 들으니 서백(西伯)은 늙은이를 잘

정녕 거듭거듭 맑은 기풍을 애석해하지만,
고비나 고사리 또한 주나라 풀이었다오.

謁淸節祠

寒氷皎皎出淸渭 白月澄澄映秋旻 雖然不比二子淸 誰似胸中眞閫奧
西山一片殷遺地 怨入重泉泣黃媼 想應英靈凝不散 化作崑岡石中寶
不然扶搖厭世間 乘雲御氣遊蓬島 維時天意厭獨夫 藝祖遺澤長如掃
西方美人稱聖德 曷喪遺民咸頌禱 風雲喚起釣魚翁 涿鹿奇功猶壓倒
珪璋八百孟津渡 天命人心歸有道 云亡還有不死者 太史遺編後人考
無人續和採薇歌 荒山萬古空文藻 椒漿一杯廟門前 弔古行人愁思惱
憩來欲問先生風 首山蒼蒼河浩浩 丘軻好古世已遠 我亦長嗟生不早
趨塵未應望望去 恨不同時踵門造 高名警俗髮如竹 九原可作要同抱
高堅億丈大城府 下視延陵猶小堡 營營末路彼何人 願言相攜來相灝
歷世風流不數公 前有巢由後四皓 千年氣味誰同調 地隔華夷惠而好
神交一語訣冥漠 爲告當時天下老 丁寧重爲淸風惜 薇蕨亦是周家草

봉양한다고 하더라." 하였고, 태공(太公) 또한 주를 피하여 동해(東海) 가에서 살다가 문왕이 나왔다는 말을 듣고 말하기를, "어찌 그에게로 돌아가지 않으리오. 내가 들으니 서백은 늙은이를 잘 봉양한다고 하더라."고 하면서 그 말을 하였다.

정월 16일

장난삼아 월사에게[1)]

객중의 무슨 일이 고향 가는 즐거움을 당하랴,
아무리 애써도 마음을 달래 줄 길이 없네.
세상살이 뜻에 맞게 하려면 다른 재주 없으니,
집 떠난 나그네 되지 않기만 바랄 뿐이네.
가는 곳마다 내 집이라고 억지로 말해보지만,
그건 이태백이 그 당시 잘못한 말이로다.
듣자니 그대는 한 잔 술에 편히 누워서,
벽에 책 쌓아 두면 흥취가 족하다 한다지.

---

1) 작자는 이 시에 대해 "수십 일 동안 여행을 하는 도중에 매번 황여일에게 월사 이정구 공이 집 생각을 몹시 한다는 말을 들었는데, 이제 월사공이 준 시를 보니, 술 한 잔 마시고 편히 누워 있는 흥취를 고향에 돌아가는 즐거움에 비기고, 또 왕소군(王昭君)의 원한을 가지고 대장부가 고향에 돌아가고 싶은 뜻을 풀기까지 하였다. 정(情)이 말 속에 나타났으니, 이는 너무 지나친 것이 아니겠는가. 이 때문에 월사공의 시의(詩意)와 약간 반대의 입장에서 짓는다."고 하였다. 왕소군(王昭君)은 한(漢)나라 남도(南都) 사람으로 재색(才色)이 모두 뛰어났는데, 원제(元帝) 때에 궁녀로 들어갔다가, 뒤에 불행히 흉노(匈奴)족 호한야선우(呼韓耶單于)에게 시집을 가게 되어 그곳에서 살다 죽었으므로, 평생 동안 남쪽 고국에 가지 못한 것이 원한에 사무쳤다고 한다. 여기서는 월사의 시에, "한 잔 마시고 편히 누우니 고향 가나 다름없어라, 인생이 제 뜻에 맞으면 남과 북이 따로 있을까[一杯高臥當還鄕 人生適意無南北]." 라고 하였으므로, 이렇게 말한 것이다.

만일 소부로 하여금 경경을 부르게 한다면[2],
성 동쪽 관동[3]의 그대 집과 무엇이 다르랴.
아아! 축지법을 써서 올 수도 없으니,
돌아갈 꿈만 분명히 한강 북쪽을 맴도누나.

沿途數十日 每因黄書狀 聞公苦苦思家 今得惠詩 乃以一杯高枕之興 擬當還鄉之樂 又以昭君南北之怨 至解丈夫思歸之意 情見于詞 無已太過 仍翻案賦之

客中何事當還鄉 百方無由慰心曲 人生適意無異術 只願莫作離家客
强道隨處卽爲家 誤矣當時李太白 聞君一杯便高枕 映壁圖書興已足
若教蘇婦喚卿卿 何異城東館洞屋 吁嗟不能縮地來 歸夢分明繞漢北

---

2) 중국 남조(南朝) 제(齊)나라 때 전당(錢塘)의 명기(名妓)인 소소소(蘇小小)에서 따온 말로, 여기서는 소실(小室)인 첩을 뜻하는 듯하다. 경(卿)은 그대라는 뜻으로 아내가 남편을 매우 친밀하게 부르는 말이다. 중국 위진시대 진(晉)나라의 안풍후(安豐侯) 왕융(王戎)의 아내가 남편에게 늘 경(卿)이라고 부르자 왕융이 "아내가 남편에게 경이라 부르는 것은 불경(不敬)하다." 하니 그 아내가 "경을 친애하여 경이라 부르는 것이니 내가 경을 경이라 부르지 않으면 누가 경을 경이라 부르겠소?[親卿愛卿是以卿卿 我不卿卿 誰當卿卿]" 하였다는 고사에서 유래한다. 여기서는, '이 객점에서 지내는 것이 내 집에 있는 것과 같다'는 식으로 말한 월사에게 작자가 '만약 한양에 있는 그대의 소실을 불러와 함께 지낸다면 본가에 있는 것과 다를 게 없으리라'는 뜻으로 장난삼아 말한 것이다.

3) 조선시대에 서대문 밖 모화관동(慕華館洞)과 성균관동(成均館洞)이 있었는데, 도성 동쪽에 있다고 하였으니 성균관동을 가리킨다.

정월 23일

망해정에서[1)]

천지의 원기가 갑자기 동서를 아찔하게 하니,
아득히 먼 천지에 지척도 어릿어릿하네.
쇠사슬과 은 갈고리[2)] 같은 큰 편액을 보니,
구름 비끼고 파도 걷혀[3)] 정자 이름을 차지했네.
동녘의 해는 처마 기둥을 비추며 솟아나오고,
큰 바다 물결은 책상에 연이어 가지런하네.
기둥에 기대 망양지탄[4)]을 하던 중에,
어느새 홀 같은 달이 안장을 비추누나.

次月沙望海亭

鴻濛倏忽眩東西 萬里乾坤咫尺迷 鐵索銀鉤瞻大額 雲橫濤捲擅名題
扶桑日對簷楹出 滄海波連几案齊 倚柱望洋心未已 歸鞍不覺月如圭

---

1) "북경에 들어온 지 며칠 만에 갑자기 복통을 얻어 오랫동안 붓을 잡지 못하였다. 그 사이 진 시빚을 갚지 못해서 누차 까다로운 독촉을 받다가 추후에 월사와 해월 두 분의 시운에 화답한다." 설명이 붙어 있다.

2) 아주 힘차게 잘 쓴 글씨를 형용한 말이다.

3) 당나라 이백(李白)의 시에, "파도는 바다 어귀의 바위에 걷히고, 구름은 하늘가의 산에 비끼었네[濤捲海門石 雲橫天際山]."라고 한 데서 온 말이다.

4) '큰 바다를 바라보며 하는 한탄'이라는 뜻으로, 어떤 일에 자기 자신의 힘이 미치지 못할 때에 하는 탄식을 이르는 말이다.

진황도에서

일찍이 이곳에 푸른 일산[1]이 왔었다던데,
이제는 해산[2] 모퉁이에 그 유적만 남아 있네.
만리장성 벽은 물속으로 천 길이나 들어가 있고,
큰 물결은 공중에 치솟아 천둥소리를 내누나.
서불은 실제로 동남동녀를 데리고 갔는데[3],
후생은 헛되이 녹도만 받들고 돌아왔다오[4].
만약 돌에 채찍질하여 공을 이룰 수 있었다면[5],
응당 동녘에 뜨는 해와 달을 친히 보았으리.

---

1) 임금이 쓰는 일산(日傘)으로, 여기서는 진시황의 행차를 말한다.

2) 큰 바다의 밑바닥에 원뿔 모양으로 우뚝 솟은 봉우리. 높이는 1,000미터 이상이며, 꼭대기는 해면(海面) 아래에 있고 평평하다. 현무암으로 된 해저 화산인 것이 많다.

3) 진시황 때의 방사(方士) 서불이 일찍이 시황에게, 해중의 삼신산(三神山)에는 신선이 살고 있으니, 동남동녀(童男童女)를 데리고 가서 불로초를 찾아오겠다고 청한 고사에서 온 말이다.

4) 후생은 진시황 때의 방사이고, 녹도(籙圖)는 미래(未來)의 일을 기록한 책이다. 후생도 진시황의 명을 받아 같은 방사인 석생(石生) 등과 함께 신선의 불사약을 구하러 간 적이 있었다. 녹도는 역시 같은 방사인 노생(盧生)이 바다에 들어갔다 오면서 가지고 온 것인데, 그 내용은 바로 "진나라를 망칠 자는 호다[亡秦者胡也]." 라는 것이었다.

5) 진시황이 동해에 해가 뜨는 것을 보려고 돌로 바다에 다리를 놓으려 하자, 신인(神人)이 돌을 채찍질하여 바다로 몰아넣으니 돌에 피가 흘렀다고 한다.

次月沙秦皇島韻

此地曾聞翠蓋來 秖今遺迹海山隈 長城入水千尋壁 巨浸騰空萬鼓雷
徐市實攜童女去 侯生虛捧籙圖廻 若敎鞭石功能就 親見扶桑日月開

진무대에서

벼슬살이를 세 잠잔 늙은 누에[1] 같이 하면서,
생계에 계연[2]을 뒤로 함이 몹시 부끄럽네[3].
천리타향에서 낯선 길 찾기에 싫증이 날 뿐더러,
십년 동안 고향 산수를 헛되이 저버렸구나.
설 지난 시내와 산은 유독 생기를 더하였고,
봄 만난 느릅나무 버들은 아지랑이처럼 춤추려네.
좋은 경치와 나그네 시름이 함께 분방하여,
두 가지가 한꺼번에 눈썹가로 모여드누나.

次月沙午憩眞武臺韻

宦如蠶老過三眠 深愧謀生後計然 千里懶尋新道路 十年虛負舊林泉
溪山送臘偏增色 楡柳逢春欲舞煙 美景客愁俱浩蕩 一時輸與在眉邊

1) 누에는 본디 잠을 네 번 자고 섶에 오르는 것이므로, 세 잠을 잤다는 것은 곧 이미 노쇠한 지경에 이르렀음을 뜻한다.

2) 계연(計然)은 춘추시대 월(越)나라 사람으로 치부(致富)의 재주가 뛰어났다. 범려(范蠡)가 그의 계책을 이용하여 거부(巨富)가 되었으므로, 부자가 되는 방도를 의미한다.

3) 생업에 소홀했음을 이른 말이다.

영평부[1]에서

높은 담장 천치[2]의 성을 구름 위로 치솟게 쌓고,
둘러싸서 호위함은 옛부터 제경을 웅장케 하려는 것.
가지가 엇걸린 대추 밤나무 향기가 은은하고,
바퀴 부딪치는 수레들은 길에서 항상 다투누나.
바람 앞에 우는 말의 굴레엔 먼지가 일고,
길이 좁아 금패와 보전[3]이 기울어졌네.
문득 생각건대 한 나라 때의 원비장은
일생을 무사히 변방의 큰 성에서 늙었다오[4].

---

1) 중국 하북성(河北省) 진황도시(秦皇島市)의 옛 이름이다.

2) 수많은 곡성(曲城)과 옹성(甕城)을 말한다. '곡성'은 성문을 밖으로 둘러 가려서 구부러지게 쌓은 성을 말하고, '옹성'은 성문을 보호하고 성을 튼튼히 지키기 위하여 큰 성문 밖에 원형(圓形)이나 방형(方形)으로 쌓은 작은 성을 말한다.

3) 금패(金牌)는 관아에 출입할 때 내보이는 신표(信標)이고, 보전(寶篆)은 관인(官印)을 말한다.

4) 원비장(猿臂將)은 한 무제(漢武帝) 때에 북평 태수(北平太守) 등 여러 변방의 태수를 지냈고, 특히 대장군(大將軍)으로서 흉노(匈奴)와 70여 차례의 전쟁을 하여 매우 큰 공훈을 세웠던 이광(李廣)을 가리킨다. 그는 키가 크고 특히 원숭이처럼 팔이 길어서 활을 더욱 잘 쏘았으므로 붙여진 이름이다. 영평부(永平府)는 바로 한나라 때 이광이 다스렸던 우북평(右北平) 지역이므로, 여기서 그를 언급한 것이다.

次月沙永平府韻

崇墉千雉入雲平 環衛由來壯帝京 棗栗交柯香欲暗 車輿擊轂道常爭
嘶風玉勒流塵起 狹路金牌寶篆傾 却憶漢家猿臂將 一生無事老雄城

만류장[1]에서

시내 서쪽 석양빛이 봄 숲 그늘을 밝히는데,
수많은 버들가지 줄을 이뤄 대전은 깊기만 하네.
비바람 친 가지와 잎은 푸른 안개를 칠한 듯,
엷은 연기와 보드라운 버들개지는 황금이 흔들리는 듯.
주인은 손님 맞아 겹겹의 문 열어젖히고,
높은 누각에 주렴 걷고 평소 회포 털어놓네.
고마워라 그대 두 자루 붓을 내게 주었으니,
돌아갈 때 다시 흉금 터놓기로 약속하세나.

次月沙萬柳庄效吳體韻

溪西夕日明春陰 萬柳成行臺殿深 雨葉風枝抹綠霧 嫩煙柔穗搖黃金
主人迎客拓重戶 高閣捲簾論素心 感子贈之雙管筆 歸時更約開塵襟

---

1) 북경시(北京市) 해정구(海淀區)에 있던 건물.

진점에서 묵으며

동으로 고국을 바라보니 푸른 구름 아득한데,
병난 끝에 좋은 구경을 어찌 감당하랴.
신선 일산[1]과 채색한 등은 나그네 시름을 더하고,
향거[2]와 화려한 말은 괴로운 선비 억누르네.
시름이 찾아오니 태평시대 즐거움이 부럽고,
늙어갈수록 젊은 시절 즐거움이 늘 생각나누나.
사람 곁에서 타고 남은 촛불은 정이 얕지 않건만,
시 지어 읊어 보니 글자 배열 잘하기 어렵구나.

次月沙上元寓榛店韻

故園東望碧雲漫 勝事那堪病後看 仙蓋彩燈添客恨 香車寶馬壓儒酸
愁來却羡昇平樂 老去長思少日歡 殘燭伴人情不淺 詩成吟咏字難安

---

1) 상대방의 행차에 대한 미칭(美稱)이다.
2) 칠향거(七香車). 각종의 향나무로 만든 좋은 수레를 말한다.

길 가는 도중에

비스듬히 높은 비탈을 오르기도 하고,
천천히 돌아 얕은 물을 건너기도 하네.
이 한 몸은 가볍기가 잎사귀 같은데,
온갖 일들은 산보다 더 무겁구나.
눈물을 삼키며 깊은 수치를 품고도,
사람을 만나면 좋은 표정만 지어 보이네.
시 짓는 건 모두 절로 이는 흥취인지라,
생각대로 곰살궂게 보태고 깎아 보네.

次月沙途中口占

欹側攀危岸 遲廻渡淺灣 一身輕似葉 萬事重於山
飮淚懷深恥 逢人作好顔 詩成渾漫興 隨意細增刪

등불을 보며

구선이 귤껍질 속에 누워 잠을 자노라니[1),]

일만 겁이 겨우 하루처럼 짧도다.

일어나선 때로 귤 속의 즐거움 얘기하는데,

세상에 나가 속인들 만나면 늘 흘겨보누나.

이제야 병 속에 별천지가 있음을 알았노니[2)],

낯선 지경이 응당 뭇 사람 눈을 놀라게 하리라.

---

1) 구선(臞仙)은 자연 속에 은거하는 신선을 가리킨다. 옛날 파공(巴工) 사람이 자신의 귤밭에 대단히 큰 귤이 있으므로, 이를 이상하게 여겨 쪼개어 보니, 그 귤 속에 수염과 눈썹이 하얀 두 노인이 서로 마주 앉아 바둑을 두면서 즐겁게 담소하고 있었다는 고사에서 온 말이다. 구선은 또한 매화(梅花)의 별칭이기도 하다.

2) 후한(後漢) 사람 비장방(費長房)이 어느 날 보니, 시중에서 약을 파는 한 노인이 병 하나를 가게 머리에 두고 있다가 저자가 파하면 문득 병 속으로 들어가는 것이었다. 시중의 사람들은 보지 못하나 비장방이 누각 위에서 이를 보고 이상히 여겨 찾아가 두 번 절하고 술과 안주를 바치니, 노인이 그 뜻을 알고 내일 다시 오라고 하였다. 이튿날 아침에 가니 노인이 데리고 병 속으로 들어갔는데, 그 속에는 화려하고 굉장한 건물에 맛있는 술과 안주가 가득 차 있어 실컷 먹었다. 노인은 그 사실을 밖에 나가서 남에게 말하지 못하게 하였다. 비장방이 헤어져 돌아올 때 그 노인이 막대기 하나를 주며 "이것을 타면 절로 집으로 가게 될 터인데, 도착한 뒤에는 칡넝쿨이 있는 언덕에 던지라."고 하여 그대로 던지고 뒤돌아보니 용이었다고 한다. 뒷날 노인이 누각에 와서 비방장에게 "나는 신선인 호공(壺公)으로 허물 때문에 인간에 귀양왔더니 이제 기한이 다 되어 가고자 하는데 따라가겠는가?" 하여, 비장방이 따라가 깊은 산중에서 수도하다가 뜻을 이루지 못하고 돌아왔다고 한다.

비유컨대 고기잡이가 해상에 노닐 제,
허공에 뜬 청홍색 신기루를 보고 놀랐다가,
이내 사라져서 허무로 들어가는 것 같으니,
세상일이란 원래 한 바탕의 천둥 벼락이라.
지난번에 보았던 것도 저절로 의심스러워,
구름 창문 안개 발이 다 멍하기만 하네.
세상살이 무엇이든 진공[3]이 아니리오,
파초 덮어 감추어 둔 사슴이 도리어 구덩이 속의 나그네를
미혹시켰네[4].
내가 풍윤[5]에 오니 때는 아름다운 명절이라,
와병 중 문 앞에서 축국하는 소리를 들었네.
내심 창 밖에는 달이 휘영청 밝고,
집집마다 등불은 정역[6]을 열었을 줄 알았건만,

---

3) 불교 용어로, 일체의 실상(實相)은 다 공허(空虛)하다는 데서 온 말이다.

4) 인간 세상에서 얻고 잃음이 꿈같이 덧없음을 비유한 말이다. 《열자(列子)》주목왕(周穆王)편에 다음과 같은 이야기가 전한다. 옛날 정(鄭) 나라 사람이 땔나무를 하러 가서 사슴을 잡아가지고 남이 볼까 염려하여 구덩이에 넣어 파초 잎으로 덮어 두었다가 이내 그 사슴 넣어둔 자리를 잊어버리고는 마침내 그것을 꿈이라고 생각하였다. 그리고 그는 길을 따라 가면서 그 꿈속에 있었던 일을 혼자 중얼거리자, 곁에서 그 말을 들은 사람이 그 자리를 찾아서 사슴을 훔쳐 갔다.

5) 중국 하북성 당산시(唐山市)에 있는 고을.

6) 불교 용어로, 번뇌의 속박을 벗어나 아주 깨끗한 세상인 정토(淨土)를 가리킨다.

신음하느라 다시 소년의 호기를 부리어,
담비 갖옷 입고 밤에 장안 거리를 달리지 못하고,
복통[7]이 나서 월인[8]의 약방에도 효험이 없어,
날이 밝도록 푸른 등불 아래 적막히 보내도다.
뉘 알았으랴, 신선 늙은이가 이 밤을 당해,
홀로 높은 누대에 오르니 뭇 움직임이 잠잠하다가,
잠깐 사이에 휘황찬란해지니,
마치 불자가 공과 색[9]을 관하는 것과 같았네.
돌아와서 기이한 광경을 속인에게 자랑하고,
오묘한 생각을 몽땅 필묵 속에 담아 넣었네.
병 속의 별천지와 귤껍질 속의 흥취,
신기루의 기이한 경관을 지척에 옮겨 왔노니,
만상이 본래 공이라는는 건 마침내 알겠는데,
구덩이 속 사슴의 전신이 멀러짐은 의심스럽기도 하네.
운치 있는 이야기가 인간 세상에 떨어지매,
꿈인가 거짓인가 하여 모두 포복절도했네.

---

7) 하어지질(河魚之疾). 하어지환(河魚之患). 하어복질(河魚腹疾). '물고기는 배부터 상한다.'라는 뜻에서 나온 말로, 배앓이나 설사(泄瀉)를 비유하는 말이다.

8) 중국 전국시대의 명의(名醫)인 편작(扁鵲)의 이름이다.

9) 불교용어로 색(色)은 곧 형체가 있는 만물을 총칭한 것이고, 공(空)은 곧 이 형체 있는 만물 또한 인연을 따라 생긴 것이요 본디 실제로 있는 것이 아니기 때문에 공이라 한다는 것이다.

이 때문에 구선은 함부로 말이 퍼지는 것을 경계하였으니,
귤껍질 속의 탁 트인 삼천세계[10]를 누가 믿으랴.
참다운 놀이는 상상할 뿐 다시 이룰 수 없으니,
아랑[11]을 보내서 이 즐거움을 알게 하지 말고,
후일 기필코 금단[12]이 잘 만들어지길 기다려서,
푸른 난새 함께 타고 하늘 끝까지 가보자꾸나.

次月沙豊潤觀燈韻

癯仙臥睡橘皮中 萬劫纔爲一朝夕 起來時道橘中樂 出世常遭俗眼白
乃知壺裏別有天 異境應須駭衆目 比如漁人遊海上 空裏青紅驚蜃閣
須臾變滅入虛無 世事元來一霹靂 向來所見亦自疑 惝怳雲窓與霧箔
人生何物不眞空 蕉鹿反惑隍中客 我來豊潤屬佳辰 臥病門前聞蹴踘
心知窓外月如水 萬家珠燈開淨域 呻吟不復少年豪 貂裘夜走長安陌
河魚無賴越人方 達曙青燈送寂寞 誰知仙老當此夜 獨上高樓群動息
熒煌炫轉在俄頃 有如佛子觀空色 歸來異景詑俗人 妙想都輸入毫墨
壺中天地橘中興 蜃閣奇觀移咫尺 終知萬象本來空 或疑隍鹿前身隔
風流話本落人間 夢耶非眞皆捧腹 所以癯仙戒浪傳 橘皮誰信三天廓
眞遊可想不可再 莫遣兒郎知此樂 他年會待金丹熟 同駕青鸞窮碧落

---

10) 삼천대천세계 (三千大千世界). 소천(小千), 중천(中千), 대천(大千)의 세 종류의 천세계가 이루어진 세계. 이 끝없는 세계가 부처 하나가 교화하는 범위가 된다.

11) 젊은이, 또는 젊은 사내아이를 말한다.

12) 신선이 만든다고 하는 장생불사(長生不死)의 영약(靈藥)이다.

계문의 안개 낀 나무

하늘은 나무에 나직하고,

나무는 하늘에 솟았는데,

검고 묽은 연기는 나무를 싸고,

희미한 나무는 연기를 뿜어내니,

오히려 우 임금이 도산서 제후들의 조회 받을 때,

언덕에 늘어선 만국의 창 자루인가 의심케 하네.[1]

次月沙薊門[2]烟樹韻 三五七言

天低樹 樹入天 闇澹煙籠樹 微冥樹出煙

猶疑神禹塗山會 萬國槍竿列岸邊

---

1) 중국 고대 하(夏)왕조의 첫 임금인 우(禹)가 제후들을 불러 모이게 하자, 만여 명의 제후들이 예물을 가지고 왔다고 한다. 여기서는 계문에 줄지어 서 있는 나무들이 도산 회맹에 늘어선 군사들의 창 자루 같다는 말이다.

2) 중국 북경시 해정구 계문교 근방에 있던 공관의 문을 말한다. 이 공관에서 외국사신을 맞이하고 전송하였다. 그 앞에 버드나무가 줄지어 서 있었는데, 그 안개 낀 모습[계문연수(薊門烟樹)]은 연경 팔경(燕京八景)의 하나로 꼽힌다.

2월 8일

이른 아침의 조회 1

봄날 새벽빛은 조복을 쏘아 비추는데,
황제의 거둥길에 희미한 촛불 멀리 보이네.
눈빛 비추는 낙숫물 통엔 아침 해가 옮겨 오고,
바람 받은 깃발에는 새벽 서리가 마르네.
향기는 칠서에서 날리어 선장을 에워싸고[1],
구름은 모든 관원들을 둘러서 궁전을 감쌌네.
궤장 받들고 다행히 어진 국로를 만났으니,
원통함 호소한 글을 보고도 헛되이 돌아가게 하랴.

次月沙早朝韻

春天曙色射朝衣 馳道遙看燭影微 映雪瓦溝初旭轉 受風旗脚曉霜晞
香飄七瑞圍仙仗 雲繞千官擁法闈 操几幸逢賢國老 肯敎寃奏竟空歸

---

1) 왕(王)・공(公)・후(侯)・백(伯)・자(子)・남(男) 등의 제후들이 조회 때 휴대하는 홀(笏)을 육서(六瑞)라고 하므로, 칠서는 천자(天子)를 비롯한 모든 제후를 가리킨다. 선장(仙仗)은 곧 천자의 의장(儀仗)을 가리키는 말이다.

이른 아침의 조회 2

의관 정제하고 오문[1] 밖에 잠시 서 있노라니,
상서로운 빛이 오봉문 사이에 성대하구나.
황제께서 덕으로 우리 조선을 우대하지 않았다면,
하찮은 우리가 어찌 대국의 반열에 낄 수 있으랴.
일의 주선에는 순서를 잃었으나 관복은 옛 것이요,
주고받는 인사에는 실수가 많아서 담소가 썰렁하네.
청도[2]에 물러와 식사하고 때로 꿈을 꾸는데,
옥하관[3]은 깊이깊이 열 겹이나 잠겼구나.

次月沙韻

修容少立午門闌 瑞色葱蘢五鳳間 帝德不緣優鰈域 塵蹤那得廁鵷班
周旋失次冠簪古 拱揖多愆笑語寒 退食淸都時入夢 玉河深鎖十重關

---

1) 성곽의 남쪽 문을 말하는데, 여기서는 북경 자금성(紫金城)의 남문인 오봉문(五鳳門)을 가리킨다.

2) 천자가 거주하는 도성(都城)을 가리킨다.

3) 중국 북경에 있는 건물로, 주로 조선의 사신들이 묵던 곳이다.

자탄

긴 여행길에 여윈 얼굴 종들에게 물어 보다가,
거울보고야 비로소 매우 수척해진 걸 알았네.
8년 말 타고 다니던 사이 피골만 앙상한데,
거친 베가 아직도 병든 몸을 싸고 있구나.
머리가 늙은 태전[1]의 대머리와 같으니,
영화는 얻기 어렵고 남은 삶이나 기다려야지.
튼튼한 성 아래서 옛집의 기억을 더듬어보니,
잡초 우거진 울 밑에 두 이랑의 밭이 있었네.
시름 속에 노쇠함은 한시가 바쁘게 찾아오고,
귀밑의 청춘[2]은 나날이 사라져만 가누나.
양주의 봄꿈에서는 이미 스스로 깨어났으니,
기생들아, 나를 대장부 아니라 비웃지 마라[3].
머리털은 엉성하게 뿌리 뽑힌 쑥처럼 바람에 나부끼고,

---

1) 당(唐)나라 때의 승려로, 한유(韓愈)가 조주 자사(潮州刺史)로 있을 적에 서로 왕래하며 교분(交分)이 있었다.

2) 원문의 '소화(韶華)'는 화창한 봄의 경치, 젊은 시절, 젊은 이처럼 윤택이 나는 늙은이의 얼굴빛 등을 뜻한다.

3) 당나라 때의 시인 두목(杜牧)이 일찍이 양주 자사(揚州刺史)로 있을 때 많은 기생들과 사귄 적이 있었다. 후일 그의 〈견회(遣懷)〉 시에, "10년 만에 한 번 양주의 꿈을 깨고 나니, 기생들에게 박정하단 이름만 지치도록 얻었네[十年一覺揚州夢 贏得青樓薄倖名]."라고 한 데서 온 말이다.

난리 겪은 모습은 노환으로 위독하구나.
얼굴에 기름기 돌고 수염 검어질 일은 다시없으려니와,
발그레한 얼굴 검푸른 머리가 그 얼마나 오래 가랴.
인생은 한번 늙어지면 다시 젊어질 수 없는데,
꽃 피는 걸 보자마자 봄이 벌써 다해 버렸네.
옥하의 물이 북으로 흘러 올라가는 날에는,
아마도 주름진 낯이 젊은 얼굴로 변하겠지.
푸르뎅뎅한 얼굴 앙상한 뼈는 아마 내가 아닐 듯,
누가 이 파리한 꼬락서니를 거울 속에 보냈는가.
귀밑가의 흰 털은 시름 때문에 일찍 났으니,
인간의 백발 또한 공평한 것은 아니로구나.

次月沙覽鏡自歎韻

長路衰容問僕夫 臨銅始覺十分癯 八年鞍馬空皮骨 疏布猶纏一病軀
頭似童童老太顚 榮華難得待餘年 尋思舊屋堅城下 草沒籬前二頃田
愁中暮律駸駸急 鬢上韶華日日無 春夢揚州已自覺 青樓且莫笑非夫
頭顱蕭颯轉蓬飛 亂後形容老病危 膏面染鬚無復有 朱顏綠髮幾多時
人生一老更難少 纔見花開春已闌 待得玉河流向北 只應皺面變韶顏
蒼顏瘦骨疑非我 誰遣羸形落鏡中 鬢雪偏從愁處早 人間白髮亦非公

옥하관의 밤

담장 머리 까치는 바람 부는 가지에 앉아 불안해하다가[1],
달빛 아래 놀라 날아서 그림자 자주 옮기네.
온 좌중은 시국과 나라 걱정하는 이야기를 나누는데,
주방장은 새 술을 천지 물로 걸러냈다네.

次月沙玉河夜吟韻

牆頭風鵲未安枝 月下驚飛影屢移 一席感時憂國語 廚人新漉出天池

---

1) 옛 사람들의 말에 까치는 그 해에 바람이 많이 불거나 적게 불 것을 미리 알아서, 많이 불 것 같으면 둥지를 낮은 곳에다 짓는다고 한다.

천단[1]에서

멀리 태일궁[2]에 영험 내리길 기도하려고,
단대[3]를 가려 해도 찬바람을 몰고 갈 길이 막연하네.
장 천사는 그대로 삼청각에 있으면서[4],
때때로 꿈속에 생황과 통소의 곡조를 보내오누나.

次月沙天壇奇想韻

遙憶祈靈太一宮 丹臺無路御冷風 天師政在三淸閣 時送簫笙入夢中

---

1) 중국에서 천자(天子)가 천제(天帝)에게 제사 지내는 제단(祭壇)이다. 여기서 말하는 것은 북경에 있는 3층 천단이다. 937년 요(遼)나라 때에 건설되어, 명(明)나라 때에 천단이라 이름 지었으며, 현재의 것은 1896년에 재건된 것이다.

2) 태을궁(太乙宮)이라고도 하며, 태일신에게 제사를 지내는 곳이다.

3) 신선이 산다는 궁전.

4) 그 전 해에 큰 가뭄이 들어서 천자(天子)가 장 천사(張天師)를 북경으로 불러 비를 빌게 하여 마침내 큰 비를 얻었는데, 장 천사는 천단(天壇)의 삼청각에 그대로 머물러 있고 돌아오지 않았다고 한다.

2월 28일

연관에서

조정에선 훌륭한 선비를 바라보았고,

먼 여정에선 높은 하늘을 우러렀네.

원례의 마부[1]는 될 길이 없으니,

다만 스스로 왕교[2]를 사모하노라.

사신의 일에는 연벽[3]이 부끄럽고,

시단에선 속초[4]를 다행스레 여기노라.

---

1) 원례는 후한(後漢) 때의 고결한 선비인 이응(李膺)의 자다. 이응의 명성이 천하에 드높아서 천하의 선비들이 모두 그를 사모하였다. 그 당시 명사(名士)였던 순상(荀爽)이 일찍이 이응을 찾아가 뵙고는 그의 마부가 되어 집에 돌아가서 기뻐하여 말하기를, "오늘에야 이군(李君)의 마부가 될 수 있었다."고 한 데서 온 말이다.

2) 후한 명제(明帝) 때 사람으로 신기한 재주가 있었다. 그가 일찍이 섭현 영(葉縣令)으로 있으면서 매월 초하루와 보름 때마다 말이나 수레도 없이 머나먼 길을 와서 조회에 참예하므로, 명제가 그를 괴이하게 여겨 그 내막을 알아보게 한 결과, 그가 올 때마다 오리 두 마리가 동남쪽에서 날아오므로, 그물을 쳐서 그 오리를 잡아 놓고 보니, 바로 왕교의 신발이었다고 한다.

3) 두 사람의 벗이 서로 학문과 재주가 뛰어나고 친밀하게 지내는 행동의 아름다움을 말한다. 여기서는 부사인 이정구와 서장관인 황여일이 쌍벽을 이루어 작자 자신이 그들에 비해 부끄럽다는 뜻이다.

4) 진(晉) 나라 때 조왕(趙王) 사마륜(司馬倫)의 무리가 모두 재상이 되고 노비나 졸개들까지 작위를 얻었으므로, 관(冠)의 장식으로 쓰는 담비 꼬리가 부족하여 개의 꼬리로 대신했다는 '초부족 구미속(貂不足狗尾

끝까지 서로 친근하게 따라 노니나니,

어찌 같은 조정에서 벼슬하는 기쁨뿐이리오.

곤산의 옥을 어찌 꼭 쪼아야만 하랴,

천파[5]는 본디 아로새기지 않는 법.

풍근[6]으로 뭇 장인들을 종처럼 부리고,

대려[7]는 세속의 시끄러움을 진압하네.

객관에는 수많은 시가 쌓이고,

섬돌 옆의 명협은 열두 잎이 시들었네[8].

바다 깊어 표주박으로 헤아릴 수 없고,

續)'의 준말이다. 여기서는 곧 재주가 없는 작자가 이정구·황여일의 시단(詩壇)에 동참하였다며 겸사로 쓴 말이다.

5) 천연의 아름다운 꽃이란 뜻으로, 아름다운 시나 글을 비유한 말이다.

6) 바람이 휙휙 나도록 도끼를 휘두르는 솜씨라는 뜻으로,《장자(莊子)》에 있는 이야기다. 옛날 초(楚)나라 영(郢) 땅 사람이 자기 코끝에다 흰 흙을 마치 파리 날개만큼 얇게 발라 놓고, 석수장이를 불러 그 흙을 닦아 내게 하였다. 석수장이는 바람이 휙휙 나도록 도끼를 휘둘러 그 흙을 완전히 닦아 냈으나, 그 사람의 코는 조금도 다치지 않았다는 고사에서 온 말로, 여기서는 문장의 솜씨가 아주 정교함을 비유한 말이다.

7) 주(周)나라 종묘(宗廟)에 설치한 큰 종(鐘)의 이름이다. 구정(九鼎)과 함께 주나라의 보기(寶器)로 전해온 것인데, 크고 귀중한 것의 비유로 쓰인다.

8) 명협(蓂莢)은 요(堯) 임금 때 조정의 뜰에 난 상서로운 풀인데, 달마다 초하룻날부터 매일 한 잎씩 나서 자라고, 16일째부터는 그믐까지 매일 한 잎씩 떨어졌으므로, 이것에 의하여 달력을 만들었다고 한다. 이 시를 지은 날짜가 28일이므로 16일부터 12일이 지난 때다. 따라서 원문의 스물 입(廿)자는 십이(十二)를 표기한 것으로 보아야 할 것이다.

산은 무거워 개미가 흔들기 어렵도다[9].
비흥[10]으로 가슴속의 생각을 토로하고,
해학으로 객지의 시름을 위로하누나.
명예의 마당에 나는 박복한 사람이고,
시를 지음에 그대는 신선의 풍격일세.
북녘 길엔 지금 함께 나란히 왔지만,
서조[11]에선 지난날 동료로 있었네.
위태한 때라서 감히 선비를 천거했으랴,
임금의 치욕 씻고자 함께 중국 왔다오.
천자께서 막 마음을 돌리시려는데,
소인들이 다투어 요망한 심술을 부리네.
처음엔 딴 데서 당한 화풀이로 인해,
끝내는 우리 종묘사직을 무너뜨리려 하네.
이에 상주문 써서 천자께 해명하려고,
길 재촉해 혹은 밤길도 마다하지 않았네.
천심은 원래 지극히 순한 것이요,

---

9) 천박한 식견으로 깊은 경지를 헤아릴 수 없음을 비유한 말이다.

10) 《시경(詩經)》의 육의(六義) 가운데 비(比)와 흥(興)으로, 즉 시의 성격을 나타낸 것이다. 예를 들면 '비'는 B를 A에 비유하는 것이고, '흥'은 먼저 B를 말하여 읊고자 한 A를 끌어 일으키는 것이다. 여기서는 일반적으로 시 읊는 것을 뜻한다.

11) 병조(兵曹)를 달리 이르는 말이다.

인간사는 미리 헤아릴 수 있는 것.
본디 천자국의 예악 보고픈 흥취 있어,
변방으로 향하는 사신 수레에 기꺼이 올랐네.
정밀하고 분명하기는 안자[12]와 같은데,
응대하는 것은 치초[13]보다 우월하다네.
밤이면 객사에서 향을 불사르고,
아침이면 역참에서 채찍을 떨치누나.
인가는 강을 건너매 점점 적어지고,
고향 생각은 멀리 구름 속에 들어가네.
일은 급한데 갈 길은 멀기만 하고,
날이 추워져 눈은 펑펑 쏟아지네.
침략할 마음은 험윤[14]보다 극심하고,
월나라 위세는 부초산을 핍박하네[15].
나라 걱정에 눈썹은 항상 찌푸려지고,

---

12) 중국 춘추시대 제나라 경공(景公) 때의 어진 재상인 안영(晏嬰)을 높여 말한 것이다.

13) 중국 남북조시대 동진(東晉) 사람으로 특히 담론(談論)을 잘하였으므로, 일찍이 환온(桓溫)의 참군(參軍)이 되어 극진한 예우를 받았었다.

14) 험윤(玁狁)은 중국 주(周)나라 때 흉노(匈奴)를 이르던 말이다.

15) 부초(夫椒)는 중국 강소성(江蘇省)오현(吳縣) 남서부의 태호(太湖) 가운데 위치한 동정서산(洞庭西山)을 가리킨다. 춘추시대에 월왕 구천(越王句踐)이 여기에서 오왕 부차(吳王夫差)와 싸워 그를 잡아 죽이고 오나라를 멸망시켰던 것을 이렇게 말한 것이다.

돌아가려고 먹은 마음은 도리어 멀어지기만 하네.
돈대 많은 요동의 학야는 넓기도 하고,
수레와 말은 광녕 땅에 잔뜩 있다네.
동악묘에는 향을 올릴 만하고,
관왕묘엔 술잔을 부을 만하도다.
시를 평가할 땐 가끔 스스로 부끄러우면서도,
경치를 만날 적마다 문득 시와 서로 만나곤 하네.
종횡 무진한 붓끝엔 구슬이 떨어진 듯,
노둔한 허리엔 금띠를 두른 듯하네.
내 구부정해서 못난 모습이 부끄러운데,
그대의 기발한 시상은 우뚝 빼어났구려.
옥 같은 풍채에 사람들마다 구경을 하고,
시를 이루면 온 사람들이 다 노래 부르네.
서리 내린 밤하늘엔 매가 날개를 번득이고,
구름바다엔 무지개다리가 놓여 있네.
유독 향기만 내게 스며들 뿐이 아니요,
진정 더럽게 인색한 마음이 사라지려 하네.
그대의 고상한 담론은 위개[16]에 비견되는데,
내 졸렬한 시는 장소[17]에게 부끄럽구나.

---

16) 중국 서진(西晉) 때 청담(淸談)을 즐기던 사람으로 풍채(風采)가 매우 준수하였다. 특히 오묘한 이치에 관한 담론을 즐겼다고 한다.

늘그막에 흩날리는 쑥의 신세[18] 되어,

속상해라, 잘린 산느릅나무처럼 떠도는 것이[19].

한 해 넘어 이역만리 나그네로 다니다가,

한 번 든 병이 삼초[20]에 이르렀네.

영광스러운 벼슬이 쓸모없는[21] 내게 먼저 와서,

요순 같은 임금의 큰 은혜 입었으니,

남들에게는 길이 부끄러울 뿐이요,

세상에는 이미 필요 없는 사람이라네.

공명의 길엔 이 얼굴이 부끄럽기만 한데,

문단에선 그대의 뜻이 용맹하기도 하더군.

그대가 시 지으라 재촉할 때마다

참으로 타는 불이 번져가듯 하다네.

싸우다 패해선 늘 옥벽을 입에 물고[22],

---

17) 중국 삼국시대 오(吳)나라 사람으로 손권(孫權)의 밑에서 보오장군(輔吳將軍) 등을 지냈다. 학문이 깊고 강직하여 손권에게도 간언(諫言)을 서슴지 않았다고 한다.

18) 비봉(飛蓬)은 뒤섞이어 엉킨 머리카락이나 흔들려서 안정되지 못함을 비유적으로 이르는 말이다.

19) 단경(斷梗)은 잘려나간 산느릅나무가 계곡의 물결 따라 흘러간다는 뜻으로 정처 없이 떠도는 것을 비유적으로 이르는 말이다.

20) 삼초(三焦)는 삼초(三膲) 또는 외부(外腑)라고도 한다. 한의학에서 상초(上焦)·중초(中焦)·하초(下焦)를 통틀어 이르는 말이다. 상초는 가로막 위, 중초는 가로막과 배꼽 사이, 하초는 배꼽 아래의 부위에 해당한다.

21) 강비(糠粃)는 겨와 쭉정이로, 쓸모없는 것이나 거친 음식을 가리킨다.

재주가 엉성해 이삭을 뽑으려고 하네[23].

사귀는 정을 잘 지은 시구에 부치는데,

고향 꿈은 돌아가는 조수를 따라 오락가락하네.

올 적에는 황종관(黃鐘管)의 갈대가 날았는데[24],

돌아갈 때는 두표의 방향이 바뀌리라[25].

얽히고설킨 정으로 서로 받쳐주는 것이 있으나,

오래 지체하니 마음이 즐겁지가 않네.

객지에서 석 달 머무는 동안,

그대의 맑고 빙옥 같은 빛 한 줄기 비치더군.

훌륭한 풍채 씩씩함을 흠모하거니와,

청운의 길이 높다랗게 바라보이네.

성상의 돌보심과 의지함이 한창 남다르니,

---

22) 옛날 싸움에 져서 항복할 때, 구슬을 입에 물고 처분을 바라던 것을 함벽(含璧)이라고 하였다.

23) 알묘조장(揠苗助長)은 되지 않을 일을 억지로 하려는 것을 비유한 말로, 《맹자(孟子)》공손추(公孫丑) 장에 나온다. 옛날 송(宋) 나라 사람이 자기 곡식의 싹이 쑥쑥 자라지 못함을 걱정하여 곡식의 싹을 억지로 뽑아 올려놓으니, 싹이 다 말라 버렸다는 데서 온 말이다.

24) 동지(冬至) 때를 말한다. 동지가 되면 황종률관(黃鐘律管)에 넣어 둔 갈대 재[葭灰]가 날아 움직인다고 한다.

25) 해와 달이 바뀜을 뜻한다. 두표(斗杓)는 두병(斗柄)이라고도 하는데, 북두칠성(北斗七星)의 꼬리 부분인 자루 모양의 세 별을 말한다. 이 별이 1년 12개월에 걸쳐 12개의 별자리를 가리킨다. 예를 들면, 정월에는 인(寅)을 가리키고, 2월에는 묘(卯)를 가리키고, 3월에는 진(辰)을 가리키는 등이다.

좋은 명성이 어찌 적막할 리 있으랴.
사람들은 봉황 토하는 글재주를 우러르고[26],
나라에서는 방금 간 칼을 기다린다오[27].
모든 일을 내가 취하는 대로 하려니와,
삼원[28]은 그대의 선발을 기다릴 걸세.
월사의 낚시터를 찾기가 어려워라.
옛 산의 땔나무도 응당 하기 틀렸네.
애써 이윤 고요에게 폐를 끼치고[29],
대산과 소산의 초은사[30]를 길이 읊조리네.

---

26) 글재주가 뛰어남을 뜻한다. 중국 전한(前漢) 때 양웅(揚雄)이 《태현경(太玄經)》을 다 저술하고 나서 봉황(鳳凰)을 입으로 토해 내는 꿈을 꾸었다는 데서 온 말이다.

27) 새로 숫돌에 간 칼날은 소를 잡는 데에 더욱 여유만만하다는 데서 온 말로, 이 또한 뛰어난 재능을 비유한 말이다.

28) 향시(鄕試)·회시(會試)·정시(廷試)에서 모두 장원(壯元)한 것을 말한다. 여기서는 인재를 의미한다.

29) 이윤(伊尹)은 탕(湯)임금 때의 어진 재상이고, 고요(皐陶)는 순(舜)임금 때의 어진 재상이므로, 여기서는 재상의 자리에 폐를 끼치고 있다는 말이다.

30) 대산(大山)과 소산(小山)은 중국 전한(前漢)시절 회남왕(淮南王) 유안(劉安)이 천하의 빼어난 선비들을 불러들였을 때 모여든 문객(門客) 집단이다. 초은사(招隱士)는 《초사(楚辭)》의 편명으로 곧 회남왕의 문객 집단이었던 소산이 지은 것인데, 거기에 "계수나무가 떨기로 남이여! 산의 깊은 곳이로다. 아름답고도 무성함이여! 가지가 서로 얽혔도다. [桂樹叢生兮 山之幽 偃蹇連蜷兮 枝相繆]"라고 한 데서 온 말로, 은사(隱士)의 처소를 의미한다.

공연히 저 장강과 한수가 합류하는 강가에다,
헛되이 배 대 놓고 돌아가지 못하누나.

次月沙燕館書懷韻

朝著瞻佳士 鵬程仰九霄 無由御元禮 只自慕王喬
使事慚聯璧 騷壇幸續貂 終然親躡踵 豈但喜同朝
崑玉寧須琢 天葩本去雕 風斤奴衆匠 大呂壓塵囂
旅館千篇富 階蓂卄葉凋 海深蠡不測 山重蟻難搖
比興紓情素 俳諧慰寓僑 名場余薄相 詩集子仙標
北路今聯轡 西曹昔備僚 時危敢薦士 主辱共揚鑣
日月方廻照 狐狸競舞妖 初緣怒甲乙 終欲陷宗祧
草奏仍專對 貪程或犯宵 天心元至順 人事可先料
雅有觀周興 欣乘出塞軺 精明同晏子 應對出鶺超
逆旅燒香夜 郵亭振策朝 人煙渡江少 鄉思入雲遙
事急途猶遠 天寒雪政瀌 戎心劇獼狁 越勢迫夫椒
憂國眉常斂 懷歸意轉遼 墩臺鶴野闊 車馬廣寧饒
嶽廟香堪薦 闕祠酒可澆 評詩時自愧 遇景輒相邀
珠落縱橫筆 金橫偃蹇腰 陳容慚踽踽 逸想仰飄飄
玉立千人看 詩成萬口謠 霜天翻鶻翮 雲海架虹橋
不獨馨香襲 眞堪鄙吝消 高談叨衛介 拙作愧張昭
老矣飛蓬轉 傷哉斷梗漂 經年客萬里 一病到三焦
榮宦先糠粃 洪恩荷舜堯 向人長有愧 於世已無要
名路顔羞縮 詞場意桀梟 有時詩見促 眞若火延燒
戰敗長銜璧 才疏欲揠苗 交情付傑句 鄉夢逐廻潮
來日葭吹管 歸期斗轉杓 綢繆情有托 留滯意難聊

旅幌淹三月 淸氷映一條 風儀欽矯矯 雲路看迢迢
注倚方殊異 聲名豈寂寥 人瞻吐鳳筆 國待發硎刀
萬事從吾醉 三元要爾調 難尋月沙釣 應負故山樵
苦被伊皐累 長吟大小招 徒令江漢上 虛繫未歸橈

동악묘

주변국인 이 나라 정성 다해 하늘에 호소하노니,
바라건대 참소하는 자들 잡아 하늘에 던져 주소서[1].
천자의 마음은 마치 촛불같이 밝게 빛나,
대궐에 앉아서도 온 누리를 다 비추어,
마침내 하늘 아래 아무리 외딴 시골이라도,
외롭고 억울한 남녀들이 전혀 없도록 하셨지.
하물며 우리는 대대로 충정이 돈독했으니,
어찌 진기한 보배를 바친 것뿐이었으랴.
이 때문에 천자께서 우리를 본국과 한가지로 보아,
해외의 뭇 섬들과는 견주지 않으시고,
황실 곳간의 물건 고루 나누어 백성들을 살려 주시고,
계속 신통한 군대 내보내 오랑캐를 소탕하셨네.
이는 모두 한결같은 정성이 천자를 감동시킨 탓,
어찌 인력이나 신에게 기도해서 될 일이랴.
어찌 그리 참소하는 혀는 생황처럼 교묘하여,

---

1) 《시경》소아(小雅) 〈항백(巷伯)〉시에 나오는 말이다. 주나라 때 어진 이들을 참소하는 자들을 원망하여 부른 노래에, "저 참소하는 자를 잡아다가, 승냥이나 호랑이에게 던져 주리라. 짐승들도 더럽다고 안 먹으면 머나먼 북극에 던져 주리라. 북극에서도 더럽다고 안 받으면 하느님께나 던져 주리라.[取彼譖人 投畀豺虎 豺虎不食 投畀有北 有北不受 投畀有昊]"라고 한 데서 온 말이다.

착한 이에게 복 내리는 하늘의 이치를 뒤엎어놓고,
은밀히 한 손으로 일편단심 충성을 가려,
공공연히 유언비어로 지극한 도 어지럽히네.
엎어진 동이 밑에 누가 밝은 햇빛 빌려줄까,
마귀 같은 짓은 사람의 도리로 생각하기 어려워.
상주문 품에 안고 옛날 황룡부를 지나다가,
서악의 신궁에 들러 향과 제수 올렸나니,
기필코 곧은 도리로 신령을 감동시키려 했을 뿐,
어찌 부정한 말로 신령을 노하게 했으랴.
여양에서의 이상한 꿈 마음 깊이 새기고,
노상에서 때때로 크게 탄식하였네.
가고 또 가서 조양문 가까이에 당도하여,
안장 풀고 옷 갈아입어도 날이 아직 일렀네.
조양문 앞에 사당 있어 황도에 으뜸가니,
날아갈 듯한 기와지붕 처마가 하늘의 솜씨로다.
누대 앞에 늘어선 비석들은 구름 위로 우뚝 솟았고,
뒤뜰에 줄지은 나무들은 아름드리 고목이네.
돌이켜보니 서악묘는 여기에 훨씬 못 미쳐,
웅장한 성이 잔약한 보루를 압도한 듯하네.
도사 여섯 사람은 몸과 마음이 한가해서,
신선 차림에 멀리 봉래산 맑은 기를 받아서,

펄펄 흰 학이 깃털 옷을 단정히 차려 입고서,
정수리는 단사 같이 붉고, 털은 눈처럼 흰 듯.
동악진군은 온갖 신령 중에 높이 군림하여,
구슬로 길이 쏘아 비추듯 원광[2]은 좋기도 하구나.
문 열고 예배할 제 무슨 소리가 들린 듯하니,
정성이 사람과 하늘을 감동시키니 하늘도 응대하는 듯.
분수 밖에 도사[3]를 혹 다시 만나게 된다면,
죽어서라도 의당 결초보은을 기약하리라.

一日 與月沙海月 偶閱行錄 海月出令曰, "兩公於西嶽有詩 於東嶽獨無 嶽神有知 豈不懷憾 可步前韻 爲東嶽廟詩 以配前作爲佳." 遂賦之

藩邦叩心仰天籲 願取讒人投有昊 君王心似光明燭 坐法宮中照四隩
遂令天下畎畝中 絶無窮夫與怨媼 況我累世篤忠貞 豈但輸珍與獻寶
所以天心一視我 不比海外諸小島 平分內藏赤子活 繼出神軍氈蟻掃
斯皆一誠徹九聽 豈容人力煩神禱 夫何讒舌巧如簧 福善悠悠理顚倒
潛將隻手掩葵誠 顯鼓流言亂至道 覆盆誰借日輝明 鬼態難將人理考
懷疏昔過黃龍府 西嶽神宮薦香藻 期將直道感靈貺 豈以淫辭激神惱
闔陽異夢銘在心 路上時時咏嘆浩 行行得近朝陽門 歇鞍更衣日尙早
門前有廟冠皇都 翼瓦飛簷出天造 前臺伍立碑沒雲 後庭分行樹連抱

2) 부처나 보살 등의 이마에서 쏘아내는 둥근 빛을 가리키는 말이다.
3) 현상(玄裳)은 검은 아랫도리나 학(鶴)을 뜻하나, 여기서는 검은 옷을 입은 도사(道士)를 가리킨다.

迴思西嶽屈下風 有若雄城壓殘堡 道者六人心貌閑 仙衫遠挹蓬萊灝
翩翩白鶴整羽衣 頂凝丹砂毛雪皓 眞君高拱萬靈中 照璧長射圓光好
開門頂禮若有聞 精感人天天亦老 分外玄裳倘再逢 冥報唯當期結草

해월의 시에 차운하여

기나긴 여행길은 북경에 다다랐고,
그대의 집은 동해 가에 있도다.
구름 바라보는 날[1]을 어찌 견디랴,
축수의 잔 올릴 때가 다시 돌아왔네.
바쁘기가 지금 이와 같으니,
아득해라 뉘에게 하고픈 말할까.
아노니, 그대의 뜻은 만 갈래나 얽혀,
흐르는 눈물이 화지[2]를 적시누나.

어버이 사모하는 눈물을 뿌리며,
곧바로 변방 나가는 행차를 하였네.
아버님 생신을 객지에서 지내자니,
하얗게 센 머리털이 눈앞에 선하구려.

---

1) 자식이 타향에서 어버이를 그리워하는 것을 뜻한다. 당(唐)나라 때 적인걸(狄仁傑)이 병주 법조참군(并州法曹參軍)으로 나가 있을 적에 그의 어버이는 하양(河陽)에 있었으므로, 그가 태항산(太行山)에 올라가 하양을 돌아보다가 흰 구름이 외로이 나는 것을 보고 좌우에게 말하기를, "우리 어버이가 저 밑에 계신다." 하고, 한참 동안 슬피 바라보다가 구름이 사라진 뒤에야 갔다는 고사에서 온 말이다.

2) 중국 땅의 연못을 말한다. 동양의학에서는 입 속의 침샘을 화지라고 한다.

지는 해는 풍수지탄[3]을 하게하고,

까마귀[4] 우는 소리 고성에서 들리누나.

아득히 떨어진 객지에서 나그네의 뜻 가눌 길 없어,

때때로 다시금 깊은 술잔을 기울인다오.

동쪽 언덕은 새로운 생계의 근거지인데,

조그만 집은 긴 냇물을 끼고 있네.

사립문은 병풍 속 그림의 집처럼 닫혀 있고,

사람은 거울 같은 물에 비친 하늘가를 걸어 다니네.

마름 뜬 못에는 고기가 팔딱팔딱 뛰고,

모래 언덕에는 백로가 구부정하게 서 있다.[5]

연산[6]에서 하룻밤 꿈을 꾸노라니,

푸른 도롱이 저녁연기에 젖었구려.

---

3) 이미 돌아가신 부모에게 효도 봉양을 다하지 못한 것을 한탄한 말로, 《한시외전(韓詩外傳)》에, "나무는 고요하려 하나 바람이 멎지를 않고, 자식은 잘 봉양하려 하나 어버이가 기다려 주지 않는다[樹欲靜而風不止 子欲養而親不待]."고 한 데서 온 말이다.

4) 자오(慈烏)는 반포(反哺)를 함으로써 부모의 은혜를 갚을 줄 아는 까마귀를 이르는 말이다.

5) 원문의 연권(聯拳)은 백로 따위가 구부정하게 서 있는 것을 말한다.

6) 중국 하북성(河北省) 계현(薊縣) 서남쪽에 있는 산.

次海月韻

長路北燕下 本家東海眉 那堪望雲日 更値奉觴時
草草今如此 茫茫欲語誰 知君意萬緖 流淚濕華池

政洒思親淚 仍成出塞行 椿辰客裏過 鶴髮眼中明
落景哀風樹 慈烏聽古城 天涯遊子意 時復酌深觥

東屯新活計 小築帶長川 門掩屛中屋 人行鏡裏天
萍池魚撥剌 沙岸鷺聯拳 一夜燕山夢 靑簑濕晩煙

3월 25일

도중에 모래바람을 만나

연경에 떠다니는 먼지가 구하에 가득하여,
오고 가는 많은 사람들 옷을 더럽히네.
깨끗한 건 본디 물들지 않는다 말하지 말라,
제아무리 야광주라도 한 점 흠결은 있는 법.
모래 먼지는 은사의 옷[1]도 봐주질 않는데,
동행하라는 분부는 몸을 보호하는 데 좋았네.
누구나 향기로운 노리개야 다들 아끼는데,
남들이야 흰 데 검은 물 들여도 나서지 마세나.

途中風沙甚亂

燕市游塵漲九河 人來人去汚衣多 莫言皎潔元無染 縱有明珠也點瑕
沙塵不貸芰荷衣 分付同行好護持 人人各愛香蘭珮 休管他家素染緇

1) 원문의 기하의(芰荷衣)는 마름이나 연잎을 결어 만든 옷이라는 뜻으로, 세속을 초월한 사람, 곧 은사(隱士)가 입는 옷 또는 은사를 말한다.

4월 23일

두견화

어제는 청석령[1]을, 오늘은 고령[2]을 넘어,
겹친 봉우리 다 지나니 내 집에 온 것 같네.
4월이라도 변방의 산은 바람이 싸늘한데,
숲 사이에 활짝 핀 두견화가 보기 좋구나.

高嶺嶺上 杜鵑花盛開

昨行青石今高嶺 過盡重巒似到家 四月邊山寒料峭 林間喜見杜鵑花

---

1) 중국 요녕성 옛 요동 땅에 있는 고개다.
2) 중국 요녕성 옛 요동 땅에 있는 고개다.

4월 24일

해월헌에게

가파르고 높은 검기는 큰 바다를 쏘아 비추고,
깨끗한 가을 밤 경치는 빈 정자에 맑구나.
하늘에서 부는 바람 얼음 쟁반 같은 달을 솟아오르게 하니,
금 두꺼비 옥토끼가 산다는 달이 온갖 생령을 감싸누나.

用淸江韻 寄題黃書狀海月軒

劍氣崢嶸射大溟 晴秋夜色澹虛亭 天風吹送氷盤湧 活玉跳金擁萬靈

조선조 사행문학(使行文學)과 백사(白沙)의 <조천록(朝天錄)>

1.

조선 전기까지 여러 문인들이 남긴 〈조천록〉은 다음과 같다.

- 이　행(李　荇, 1478-1534), 〈조천록〉, 《용재집(容齋集)》권4.
- 권　벌(權　橃, 1478-1548), 〈조천록〉, 《충재집(冲齋集)》권7.
- 윤근수(尹根壽, 1537-1616), 〈조천록〉, 《월정조천록(月汀朝天錄)》
- 조　헌(趙　憲, 1544-1592), 〈조천일기〉, 《중봉집(重峰集)》권10.
- 허　봉(許　篈, 1551-1588), 〈하곡선생조천기〉, 《하곡집(荷谷集)》.
- 이항복(李恒福, 1556-1618), 〈조천록〉, 《백사집(白沙集)》권5.
- 허　균(許　筠, 1569-1618), 〈정유조천록〉, 《성소부부고(惺所覆瓿藁)》권1.
- 이민성(李民宬, 1570-1629), 〈조천록〉, 《경정속집(敬亭續集)》권1-3.
- 김상헌(金尙憲, 1570-1652), 〈조천록〉, 《청음집(淸陰集)》권9.
- 이안눌(李安訥, 1571-1637), 〈조천록〉, 《동악집(東岳集)》권2, 〈조천후록〉, 《동악집》권20.
- 고용후(高用厚, 1577-1652), 〈부조천록(附朝天錄)〉, 《청사집(晴沙集)》권1.

이 가운데 백사 이항복이 1598년(선조 31년) '정응태(丁應泰)의 무고사건(誣告事件)'을 변무(辨誣)하기 위해 파견된 조선 사신단의 정사(正使)로서 명나라에 다녀오면서 사행 여정 동안 지었던 시와 산문을 모아 기록한 〈조천록〉의 문학세계와 그 문학사적 의의를 살펴보면 다음과 같다.

2.

먼저 광활한 대륙의 경물에 대한 찬탄이 곳곳에 보인다. 〈학야 도중에 次月沙鶴野途中韻〉라는 시를 보면,

새는 하늘 높이 날고 나무는 허공에 뜬 듯해라.
시상에 장애를 줄 언덕 하나도 없구나.
대지가 다한 곳엔 응당 하늘이 광활하나니,
은하수가 바다로 쏟아져 흐르는 걸 반드시 보게 되리.

鳥度冥冥樹欲浮 絶無堆阜礙詩眸 坤維盡處天應豁 須覩銀河倒海流

큰 들판 다해갈 제 마을 앞 봉우리 외로운데,
조물주가 힘들여 새로운 그림 그린 듯하네.
이곳에 삼차하의 물이 쏟아져 내린다면,
중화에 바다 같은 호수가 새로 만들어지겠네.

大野將窮閭岫孤 天公費力作新圖 若爲注得三叉水 化出中華萬里湖

라고 하여 일망무제(一望無際)의 광활한 만주 벌판을 하늘과 맞닿은 끝없는 지평선으로, 혹은 만리에 이어진 바다에 비유하여 그리고 있다.

> 천지의 원기가 갑자기 동서를 아찔하게 하니,
> 아득히 먼 천지에 지척도 어릿어릿하네.
> 쇠사슬과 은 갈고리 같은 큰 편액을 보니,
> 구름 비끼고 파도 걷혀 정자 이름을 차지했네.
> 동녘의 해는 처마 기둥을 비추며 솟아나오고,
> 큰 바다 물결은 책상에 연이어 가지런하네.
> 기둥에 기대 망양지탄을 하던 중에,
> 어느새 홀 같은 달이 안장을 비추누나.
>
> 鴻濛倏忽眩東西　萬里乾坤咫尺迷　鐵索銀鉤瞻大額　雲橫濤捲擅名題
> 扶桑日對簷楹出　滄海波連几案齊　倚柱望洋心未已　歸鞍不覺月如圭

〈망해정에서 次月沙望海亭〉라는 시에서는 아득히 멀게만 보이는 하늘과 땅에서는 눈앞의 지척인 거리도 아찔하여 어릿어릿하게 보인다고 하였다. 《장자(莊子)》추수(秋水)편에 나오는 망양지탄(望洋之嘆)은 넓은 바다를 바라보고 감탄한다는 말로, 다른 사람의 위대함을 보고 자신의 미흡함을 부끄러워한다는 뜻으로 쓰인다. 반도인 조선 땅에 비해 비교할 수 없을 만큼 넓은 요동벌을 바라보며 그 광대함에 놀란 심정이 잘 나타나 있다.

다음으로는 사행 길의 애환이 곳곳에 나타나 있다. 〈우가장 가는 길에 牛家途中 風雪甚惡〉라는 시를 보면,

뭇 용이 작심하고 다투어 교만을 부리니,
온 들녘에 검은 구름이 땅을 덮어 어리었네.
온갖 나무들은 바람의 기세를 조장하고,
모든 산들은 눈의 위엄에 두려워 떠는구나.
앞뒤서 연달아 몰아치니 천지는 혼돈 상태요,
코와 입 일제히 불어 대니 온갖 구멍 들끓누나.
구슬 같은 눈발 흩어져 자주 노을 조각이 되었다가,
일시에 바람에 날려 긴 얼음 위로 달아나네.

群龍作意闘驕矜 四野頑雲冪地凝 萬木助成風氣勢 千山震疊雪威稜
于喁迭盪鴻濛合 鼻口齊號竅穴騰 珠玉散爲霞片數 一時吹過走長氷

흐린 날이 사람 어지럽히고 들판은 적적한데,
한 채찍의 노새 그림자 쓸쓸하기만 하네.
외로운 솔은 눈을 이느라 참으로 가지가 굳센데,
뭇 나무들은 바람을 맞아 허리를 굽혔구나.
봄이 북관을 향해 오니 가는 버들은 하늘대고,
꿈은 남쪽 기러기 따라도 고향은 멀기만 하네.
앞 시냇가엔 메마른 매화나무가 서 있는데,
마을길은 완연히 파수교를 생각하게 하네.

雲日迷人野寂寥 一鞭騾影冷蕭蕭 孤松戴雪眞强項 衆木迎風爲折腰

春向北關衰柳動 夢隨南雁故園遙 前溪定有梅花瘦 村路依然灞水橋

거칠 것 없는 광막한 벌판에 눈보라가 휘몰아치는 광경이 눈에 보이듯 그려져 있다. 마지막 줄의 파수교는 중국 장안(長安) 동쪽의 파수에 놓인 다리를 말한다. 당나라 때 정계(鄭綮)라는 사람이 시를 잘 지었는데, 누가 그에게 "요즘에 새로운 시를 지으셨습니까?" 하고 묻자, 대답하기를, "시상이 눈보라 치는 파수교의 나귀 등 위에 있는데, 어떻게 시를 지을 수 있겠는가?"라고 했던 고사에서 온 말이다.

층계 진 얼음 언덕 꼭대기 비탈 가득 쌓인 눈,
해 저물녘 끄는 수레가 배를 당기는 듯하네.
밤에야 산 속 주막에 들어 밥도 미처 못 지어 먹고,
짐 풀자마자 첫닭 울어 서둘러 소 멍에 또 채우네.
層氷滿坂雪蒙頭 日暮牽車如挽舟 夜投山店未炊飯 纔到鷄鳴催駕牛

〈눈보라 속의 수레군 雪中哀車夫〉이라는 시다. 비탈진 곳에 눈이 가득 쌓여 수레를 끄는 것이 마치 배를 끄는 것처럼 힘들다는 것이다. 그러다 보니 힘은 힘대로 들고 시간도 지체되어 밤이 늦어서야 주막에 들지만 곧 새벽이 되어 쉬지도 못하고 다시 수레를 몰러 나가야 하는 수레꾼을 애환을 그리고 있다. 이런 저런 이유로 사행이 순조롭지 못한 사행단의 애환을 수레

꾼의 신산한 삶에 빗대어 노래한 것이라고 하겠다.

외국에 나가면 누구나 애국자가 된다는 말이 있다. 하물며 조선이라는 한 나라의 막중한 사명을 걸머쥐고 있던 작자 일행으로서는 조국의 상황을 근심하고 백성들의 안위를 걱정하는 마음이 남달랐을 것이다. 〈서악묘에서 次月沙遊西嶽廟詩韻〉라는 시 두 편 가운데 먼저 지은 시의 일부는 다음과 같다.

> 오늘날 검은 구름이 밝은 햇빛을 가리고 있으니,
> 조선의 임금과 신하들 참으로 걱정도 많다오.
> 왕명이 아침에 내리자 저녁에 얼음 마시고,
> 한 번 도성 문을 나오니 돌아갈 뜻 아득하구나.
> 내 장차 이마로 천문을 두드리고 들어가리.
> 일찍 창자 갈라 원통함 호소 못한 게 한이로세.
> 하늘은 높아도 가장 깊은 땅의 소리를 듣고,
> 성제의 총명함은 천지의 조화와도 같다오.
> 듣건대 정성은 감동 못 시킬 게 없다 하니,
> 신령께선 나의 회포를 불쌍히 여겨 주소서.
> 기도 마치고 북쪽 향해 속으로 울부짖으며,
> 여양보를 향하여 늙은 눈물을 뿌리었네.
> 여양의 꿈에 검은 치마 입은 사람을 만나니,
> 손에 구절장 들고 천상으로부터 왔는데,
> 신령스런 옷 펄럭이니 구름처럼 성대하고,

문에 들어 길이 읍하니 수염 눈썹 하얗구려.
나에게 말하길, "상제께서 네 말에 감동했으니,
네가 하려는 모든 일이 길하여서,
시시비비가 분명하게 밝혀질 뿐만 아니라,
또 어진 임금 위해 장수도 내리리라." 하였네.
나는 두 번 절하고 그 선인께 사례하려다,
꿈을 깨보니 찬바람만 풀밭에 부누나.

重雲今日掩朗照 鰈域君臣政愁惱 王言朝下夕飮氷 一出都門歸意浩
行將以額叩天關 洩寃恨不刳腸早 天高或聽九地幽 聖帝聰明同大造
嘗聞物無不動誠 神庶哀憐我懷抱 祝罷吞聲向北號 老淚洒向閭陽堡
閭陽夢見玄裳人 手攜九節來淸灝 靈衣披拂菀若雲 入門長揖鬚眉皓
爲言上帝感汝言 汝行百事皆吉好 不唯辨析得昭明 且爲賢王錫難老
我欲再拜謝玄裳 夢覺酸風鳴白草

검은 구름이 밝은 햇빛을 가리고 있다는 것은 바로 정응태 등의 조선에 대한 무고를 말하는 것이다. 정응태는 조선에 함께 사신으로 왔던 경리(經理) 양호(楊鎬)를 무고하다가 조선 조정에서 양호를 두호하자, 조선 조정이 왜와 밀통하여 명나라를 치고자 한다고 무고하였던 것이다. 그 때문에 백사 이항복, 월사 이정귀, 해월 황여일 등이 변무사(辨誣使)로 사행을 떠났던 것이다.

사신의 명이 떨어지자 얼음을 마셨다고 하였다. 이 말은 왕명을 받들고 책임감 때문에 몹시 두렵고 걱정이 되어 속이 타는 것을 이른다. 《장자(莊子)》 인간세(人間世)에, "나는 아침에 명을 받고 저녁에 얼음을 마셨으니, 내 속에 열이 생겼는가 보다."라고 한 데서 온 말이다. 작자 일행이 서악묘를 찾아 기도를 한 것도 변무의 일이 잘 해결되기를 비는 마음에서였을 것이다. 그 간절함이 꿈에 잠시 현몽할 정도였음을 볼 수 있다.

백사 일행이 귀국할 무렵인 기해년(1599) 4월의 기록에는 다음과 같은 것이 있다.

> 동관보(東關堡)의 길 곁에서 중국옷을 입고 조선의 갓을 쓴 한 여인이 우리 일행을 보고 울면서 말하기를, "옛날에 사직동(社稷洞)에서 살았는데 천한 신분도, 그렇다고 귀한 신분도 아니랍니다. 이곳에 와서 산 지가 벌써 6년이 되었습니다."라고 하였다. 또 산해관(山海關) 밖의 숙소에서는 한 사내가 밤중에 남몰래 찾아와서 말하기를, "저는 본디 조선 사람인데, 고향이 그리워서 항상 탈출하여 돌아가고자 하나, 주인집에서 매우 열심히 지키고 있어 기회를 잡을 수가 없습니다. 같은 마을에 사는 조선인이 모두 30여 명은 족히 되니, 만일 한 사람이 먼저 이 일을 주도하면 모두 탈출하여 돌아갈 것입니다. 다만 그 중에 한 사람은 이곳에 와서 바로 장사를 하여 재산이 매우 많아져서 큰 집을 사고 아름다운 계집을 끼고 살면서 이미 부귀의 즐거움을 누려 조선에 돌아갈 생각을 끊었으니, 오직 이 사람만은 움직이게 하기가 어려울 것입니다."라고 하였다. 이로부터 이따금 조선인을 만난 것이 그 수를 헤아릴 수가

없으니, 이 밖에 알지 못하는 자의 수가 얼마나 많겠는가.

개개인의 사연이야 어떠하든 자신의 뜻과는 다르게 먼 이역에 와 살면서 고향으로 돌아가고자 하는 조선의 백성들이 많았음을 짐작할 수 있다. 어디에 살든 조선인이면 조선의 백성이라는 생각과 그들의 처지를 안타깝게 여기는 마음이 없었다면 백사가 굳이 이러한 기록을 남기지 않았을 것이다.

다음으로 지난 역사를 거울로 삼아 경계로 삼고자 하는 작자의 생각이 엿보인다. 〈주필산에서 次海月駐蹕山有感韻唐太宗東征時 駐蹕於此 故名〉라는 시는 다음과 같다.

산세는 꿈틀대는 용을 상상케 하는데,
바위틈엔 아직도 깃발 세운 흔적이 남아있네.
가련타, 그리도 거대한 당나라 천하가
고작 개밋둑만한 고구려를 대적하다니.

山勢蜿蜒想躍龍 石縫猶帶竪旗蹤 可憐許大唐天下 只敵區區一蟻封

당태종이 고구려 정벌 때에 머물렀다는 주필산에 이르러 지난 역사를 회고하며 지은 시다. 당나라 같은 세계제국이 그에 비해 약소한 나라인 고구려를 침략하였다고 비난하였지만, 그러한 역사적 사실을 거울로 삼아 다시는 외세의 침략을 당하지 말아야겠다는 경계가 담겨 있는 시라고 할 수 있다.

분서갱유하던 때에 스스로 잘난 체했으나,
만리장성 높아질수록 만백성이 슬펐다오.
필경 대궐 안에 후일의 화가 숨어 있었는데,
부질없이 사막의 흉노만 깊이 의심하였네.
백성 괴롭힌 진나라는 2세 황제 때 망했거니와,
우리 조선은 천년토록 태평을 유지했도다.
사왕께 아뢰옵건대 검소한 덕을 닦으소서.
예로부터 천자는 주변 나라를 수비로 삼는다오.

焚坑當日自雄奇 萬里城高萬姓悲 畢竟蕭墻潛後禍 謾將沙漠起深疑
勞煩二世顚嬴祚 屛翰千年屬聖時 爲報嗣王修儉德 由來守在四邊夷

〈적괴 생포 소식을 듣고 次海月長城韻〉라는 시다. 수련(首聯)에서 분서갱유(焚書坑儒)와 만리장성(萬里長城)을 언급한 것으로 미루어, 중국 최초의 통일국가라는 진나라 시절을 가리키고 있음을 알 수 있다. 이때 북방의 이민족인 흉노를 경계하느라 만리장성을 축조하기 시작하였다고 한다. 그러나 정작 진나라가 2대를 끝으로 멸망한 것은 환관 조고(趙高)의 전횡을 미리 막지 못한 것 때문이었다. 명나라 조정에도 조고에 비견되는 정응태의 무리가 일신의 영달만을 위해 무고를 일삼고 있다는 것을 일깨우기 위해 아득한 진나라 시절의 이야기를 꺼냈다고 하겠다.

미련(尾聯) 첫 구의 사왕(嗣王)은 선왕(先王)의 대를 물려받은 임금이라는 뜻으로, 당시 명나라 황제인 신종(神宗)을 가리킨다. 작자는 신종에게 과거 진시황의 전철을 밟아 주변의 나라를 경계하며 적대시하지만 말고 울타리로 삼으라는 조언을 하고 있다. 아울러 백성들을 괴롭힌 진나라는 2대에 이르러 망하였으나 조선은 천년토록 태평을 유지해 왔다며 자부심을 드러내기도 하였다. 신종이 자신의 영달만을 꾀해 아첨하는 신하들의 말에 현혹되지 말고 사태를 검소한 덕으로 올바로 파악하기를 바라는 심정이 잘 나타나 있다.

3.

백사의 〈조천록〉은 1629년 초판이 간행되어, 그 후로 많은 사람들에게 읽혔다. 이세택(李世澤)이 쓴 〈해월선생문집발문(海月先生文集跋文)〉을 보면,

> 일찍이 백사 이항복의 조천록에서 그들 사신단 일행이 중국에 다녀오면서 주고받은 시편들을 보았는데, 하나같이 훌륭한 작품이었다. …… 백사와 월사 이정귀의 유고는 간행된 지 이미 오래 되어 우리나라에 두루 퍼져 있고, 집집마다 줄줄 외우는 사람이 있을 정도다.

라고 하였다. 백사보다 앞서 사행록을 남긴 허봉이나 조헌의 경우는 산문 위주였는데, 백사에 이르러 한시+일기+잡문의 독특한 형식을 이루었다. 이러한 잡지체(雜識體) 사행록은 후대 홍대용(洪大容)의 〈연기(燕記)〉나 박지원(朴趾源)의 〈열하일기(熱河日記)〉가 출현하는 데 있어서 향도의 역할을 하였다고 볼 수 있다.

참고문헌

김현미, 「18세기 연행록의 전개와 특성연구」, 이화여대 박사논문, 2004.

서한석, 「이항복의 조천록에 관한 소고」, 『한문교육연구』 32, 한국한문교육학회, 2009.

이성형, 「백사 이항복의 조천록 연구」, 『한자한문교육』17, 한국한자한문교육학회, 2006.

이종건, 「백사의 무술조천록고」, 『기전어문학』8·9, 수원대 국어국문학회, 1994.

이종건, 『백사 이항복의 문학연구』, 국학자료원, 2002.

허지은, 「정응태의 '조선무고사건'을 통해 본 조명관계」, 『사학연구』76, 한국사학회, 2004.

정억기, 「백사 이항복의 외교활동」, 『한국인물사연구』8, 한국인물사연구소, 2007.

원시 제목 색인(原詩題目索引)

- 1598년(무술년) 12월 3일부터 1599년(기해년) 4월 24일까지 지었음. 괄호 속의 숫자는 해당 날짜임.

ㅈ

ㅊ

ㅎ

김동욱

성균관대학교 국어국문학과 졸업
한국정신문화연구원 한국학대학원 문학석사
성균관대학교 대학원 문학박사
현재 상명대학교 한국어문학과 교수

저서

《고려후기 사대부문학의 연구》, 《고려사대부 작가론》, 《따져가며 읽어보는 우리 옛이야기》, 《실용한자 · 한문》, 《대학생을 위한 한자 · 한문》, 《중세기 한 · 중 지식소통연구》

역서

《완역 천예록》(공역), 《국역 동패락송》(천리대본), 《국역 기문총화》(연세대 4책본)1-5, 《국역 수촌만록》, 《옛 문인들의 붓끝에 오르내린 고려시》 1 · 2, 《국역 청야담수》1-3, 《국역 현호쇄담》, 《국역 동상기찬》, 《국역 학산한언》1 · 2, 《국토산하의 시정》, 《새벽 강가에 해오라기 우는소리》상 · 중 · 하, 《교역 태평광기언해》(멱남본)1-5, 《국역 실사총담》1 · 2, 《교역 오백년기담》(장서각본), 《국역 동패락송》1 · 2(동양문고본), 《교역 언해본 동패락송》

천애의 나그네

2013년 8월 12일 초판 1쇄 펴냄

지은이 이항복
옮긴이 김동욱
펴낸이 이은경
펴낸곳 도서출판 이회

책임편집 이경민
표지디자인 윤인희

등록 2001년 9월 21일 제307-2006-55호
주소 서울특별시 성북구 보문동7가 11번지 1층
전화 922-4884(편집), 922-2246(영업)
팩스 922-6990
메일 kanapub3@naver.com
http://www.bogosabooks.co.kr

ISBN 978-89-8107-522-4 93810

정가 11,000원